新潮文庫

愛する人達

川端康成著

JN265920

目次

愛する人達

母の初恋

一

婚礼の時に、白粉《おしろい》ののりが悪いとみっともないから、もう雪子には水仕事をさせぬように と、佐山は妻の時枝に注意した。

そういうことは、女の時枝が気を配ってくれるべきである。また、雪子が佐山の昔の恋人の娘であるという間柄からしても、佐山はそういうことまでは時枝に言いづらかった。

しかし、時枝はいやな顔もしないで、

「そうよ。」

と、うなずいた。

「せめて二三度美容院へ行って、お化粧なれしておかないと、急に厚い白粉はなじまないかもしれませんよ。」

そして、雪子を呼んだ。

「雪子さん。もうお炊事やお洗濯は、止《よ》しにして頂戴《ちょうだい》ね。お式の日に手がきたないとみっともないって、よく雑誌なんかにも書いてあるから……。寝る時に、コオルド・

クリイムを塗って、手袋をはめて、そのままやすむといいわ。」

「ええ。」

お勝手から手を拭《ふ》き拭き出て来た雪子は、敷居際《しきいぎわ》にちょっと膝《ひざ》をついて聞いていたが、頬《ほお》を赤らめるほどでもなくて、うつ向いたまま、また煮物の方へ立って行った。

それがおとといの夕方のことで——今日の昼もやはり雪子はお勝手で立ち働いている。

これでは、式の日の朝飯の支度《したく》までして、うちを出てゆくことになるだろう。

そう思って佐山が見ていると、雪子は小皿にしゃくったつゆを、ちらちら舌を出して味わってみながら、楽しそうに目を細めている。

佐山は誘い寄せられて、

「可愛《かわい》いお嫁さんだね。」

と、軽く肩にさわった。

「お料理しながら、なにを考えてるんだい。」

「お料理しながら……？」

雪子は口ごもって、じっとしていた。

雪子は料理が好きで、女学校の三年頃から、時枝の手伝いをしていたが、去年卒業

すると、もうまかせられたようなもので、今では、

「雪子さん、これちょっと見て頂戴。」

と、時枝が雪子に味つけさせるという風である。

そして、雪子は時枝と全く同じ味をつけることを、佐山は雪子を嫁にやるこの頃になって、ふと考えてみたりする。

母子《ははこ》や姉妹《あねいもうと》でも、こう同じとは限らない。佐山の田舎《いなか》の家には、姉が二人あって、嫁入りの前には、料理の稽古《けいこ》をさせられたが、下の姉の方は、どうしても甘くって、笑われ通しだったのを思い出す。

たまに田舎へ帰ると、佐山は老母の手料理がなつかしくはあるけれど、口に合わなくて閉口する。してみると、今の佐山家の味は時枝が実家から持って来たものであろう。雪子は十六で佐山のところへ引き取られて、時枝の味をそっくり受け入れた。それを持って、嫁にゆくわけである。不思議と思えば不思議で――そういうことはほかにもいろいろあるにちがいない。

雪子の味つけは、相手の若杉の口に合うだろうか。

佐山は雪子がいじらしくなって来た。

茶の間へ入って、鳩《はと》時計を見上げながら、怒鳴りつけるように、

「おい、早くしてくれよ、一時三分の大垣行に乗るんだ。」

「はい。」

雪子はいそいで料理を運んだ。裏で炭を切っている女中を呼んだ。

雪子もいっしょに坐《すわ》って、佐山と時枝の給仕をした。

佐山は雪子の手を見た。水仕事でそれほど荒れているらしくはなかった。色白だからでもあるが、なんとしても、十九という若さであった。首のういういしいふくらみなどは、ぽうっと温かいものが匂《にお》って来そうだ。

佐山は不意にちょっと笑った。

時枝が顔を上げて、

「なに？」

「うん、雪子が指環《ゆびわ》をはめてるからさ。」

「あら。だって、婚約指環じゃありませんか。いただいたんですもの、私がそう言って、はめさせたのよ。なにがおかしいの？」

雪子は真赤になって、指環を抜き取った。うろたえたとみえて、それを座蒲団《ざぶとん》の下に隠した。

「御免、御免。おかしいわけじゃないが、どういうのかな。僕は妙な時に笑う癖があって……。さびしい時にも、ひとりで吹き出したりするんだよ。」

佐山が弁解がましいことを言うと、雪子は尚《なお》かたくなってしまって、座にいたたまれぬ風だった。

佐山はなぜ笑ったか、自分にもわからなかったが、雪子のはにかみようも尋常でなかった。

旅支度の洋服に着替えておいて、飯を食っていたので、佐山は直《す》ぐ出て行った。

雪子がカバンを持って、門口へ先廻りしていた。

「いいよ。」

と、佐山は手を出したが、雪子は佐山の顔を悲しそうに見上げたまま、首を振って、

「バスのところまでお送りしますわ。」

なにか話があるのかと、佐山は思った。

雪子と若杉の新婚旅行の宿をきめに、佐山は熱海へ行くのである。

佐山がわざとゆっくり歩いても、雪子はなにも言わなかった。

「どんな宿がいいの?」

と、佐山はもう幾度も聞いたことを、またたずねた。

「おじさんのおよろしいところで、いいんですの。」

バスが来るまで、雪子は黙って立っていた。

佐山が乗ってからも、しばらく見送っていた。そして、道端のポストへ手紙を入れた。気軽に投げ込むのでなく、すこしためらっているのか、静かなしぐさだった。

ポストの前に立った、雪子の後姿の肩のあたりを、佐山はバスの窓から振り返って、やはりあの子が二十二三になってから、結婚させるべきだったかと思った。

今の手紙には、四銭切手が二枚はってあったようだ。どこへ出すのだろう。

二

新婚旅行の宿屋など、電話か端書《はがき》で申し込んでおけばこと足りると、時枝の言う通りだった。しかし佐山は、ついでに芝居の腹案を練るという口実で、わざわざ出かけて来た。

雪子はものごころつく頃から、継父と貧乏とに苦しめられ、佐山の家へ引き取られてからは、落ちついたとはいうものの、いわば居候《いそうろう》である。それも親戚《しんせき》の厄介になるのならとにかく、妙な事情からのことであった。一種の牢獄《ろうごく》にいる思いであったかもしれない。

結婚によって、初めて自分の生活と家庭とが持てるようなものである。

解放と独立との強い感じのなかに、婚礼の翌朝は目覚めさせてやりたいというのが、佐山の心づくしであった。穴から広い野へ出たような、曇り空が晴れたような眺《なが》めの宿がいい。

南に海と岬《みさき》を見晴らす熱海ホテルなどは恰好《かっこう》だが、ホテルの構えにも、またあまり多くの新婚組がかち合っても、内気な幼な妻の雪子はものおじするだろう。かと言って、このごろ出来る宿の新式な待合風の離れも、露骨過ぎるだろう。

結局、木立と丘の入り組んだ広い庭に、古めいた貸別荘風の離れが散らばっている宿を、佐山はえらんだ。滝や池も自然らしくて、のどかだった。一軒の自分の家のように落ちついている。湯殿もある。山近くの町はずれなのもよかった。

そういう離れの一つを、佐山は庭からのぞいて、少し暗いかと思ったが、直《す》ぐにきめると、本館の自分の部屋に帰った。

二日ほどぼんやりと過すのが楽しみで、一冊の本も持って来なかったのに、二時間も坐っていると、佐山はもう手持無沙汰《ぶさた》で困ってしまった。

「こんなかなあ。あきれたもんだ。」

と、ひとりつぶやいた。

思索と想像との泉がもう涸《か》れているのを、急に気づいたようで、なさけなかった。

いったいなにに騙《だま》されて、さもいそがしそうに日を送っていたのだろう。撮影所の仕事がそう多いわけではない。四十を幾つも出ていないのに、シナリオ作家としての佐山は、もう隠居役だった。毎日出勤しなくてもすんだ。おもしろくもない小説の脚色などは、後輩に押しつけておいて、古くから気の合った監督と組んで、好き勝手なものの書けるのは、年功をつんだお蔭《かげ》と見られ、自分の地位もかたまったようにも思えた。

しかし、ひるがえって考えると、それはもう自分が現役のシナリオ作家ではなくなったということだった。もうあまり撮影所の役に立たない人間になってしまっているのだった。

映画の人気の移り変りの激しさは、見慣れて来たことながら、わが身の上となると、花形女優が老役《ふけやく》に廻らねばならぬ年を迎えた狼狽《ろうばい》に似て、佐山もこの頃は落ちつかなかった。

シナリオ作家として立ち直るか、撮影所をよして、彼の元来の道である戯曲に出直すか、佐山は迷った。

或《あ》る大劇場から、来年の二月興行の台本を頼まれたのは、久しぶりの芝居の仕事なので、佐山は転身の機会だと思った。温泉宿で静かに構想を立てたかった。

ところが、これまで自分の書きなぐって来た映画の場面が、切れ切れに浮ぶばかりで、佐山は困った。それらの場面には、今はもう行方《ゆくえ》も知れぬ女優も幾人か現われるのだから、まるで過去の亡霊のようだ。

それをいくらつなぎ合せてみても、映画の紋切型の筋が立って、自分独特という気がせず、こんなもののために、若さをすりへらして来たことが、今更悔まれた。

でも、撮影所附きのシナリオ作家風な考えを棄《す》てようとすると、ひとりで坐っていづらいほど、空白に退屈で、

「結局、細君でも呼ぶか。」

と、佐山は笑って、ゆっくりひげを剃《そ》った。

時枝は佐山より十一も若いが、小さい家庭のなかに、でんと尻《しり》を据えて落ちついている。一切の望みを、子供達の上に置いて、自分の若さを大方忘れている。その方が、天の理にかなっていると、佐山は思った。自分のように、職業上の必要で、これから後も或る点では、子供と若さを競ってゆかねばならぬ者は、いずれ天の刑罰を受けるかもしれない。

雪子の母の民子が、まだ三十を二つ三つ出たばかりで、体じゅうの関節がぼろぼろにゆるんだように、疲れ果てた姿だったのを、佐山は思い出した。

十幾年ぶりで、彼は恋人に会ったのだが、その時民子は、

「ほんとうに御成功なすって、私も喜んでおりますわ。」

と、心からそう信じているように言った。あまり真向から言われたので、佐山は否定も出来なかった。また、

「御作はいつも拝見させていただいてますの。よく、子供をつれて参りますのよ。」

と、民子は言った。

佐山は意外だったが、「御作」という言葉には、さすがに赤面した。小説家の原作を脚色したものであり、それを更に監督が演出したものである映画で、シナリオ作家の「御作」の部分が、どれほどあるだろうか。脚色にも方々から註文《ちゅうもん》が出て、彼の自由ではなかった。佐山一人の「御作」であるかのように言われると、却《かえ》って皮肉に聞えた。

しかし、シナリオ作家の不平を訴える場合でもないので、佐山は話を変えて、民子の子供のことをたずねたものだった。――その子が、今度嫁入りさせる雪子である。

……六年前のこと、妻の時枝が子供をつれて、買物から帰って来ると、門の戸にへばりついて、家の様子をうかがっている女があった。

時枝は勝手口へ廻ろうかと思った。女は時枝を見ると、さっと泥棒猫のように逃げ

出した。ところが、大通まで走って行かぬうちに、どこかの家の板塀《いたべい》へ倒れかかって、そこにしゃがんでしまった。

時枝は気味悪がって、佐山に報告すると、

「あなた、ちょっと見て来て下さらない？」

撮影所関係の女かもしれないと思って、佐山は立って行ったが、誰もいなかった。

どんな女かと時枝に聞くと、

「別に怪しい身なりじゃありませんけれど、病人のようでしたよ。」

「病人……？」

そんなことを言っているところへ、玄関に女の声がした。

時枝は佐山の方をちょっと見てから、取次ぎに出た。顔色を変えて戻って来ると、

「あなた、民子さんですよ。」

「民子？」

と、佐山はとっさに立ち上るのを、時枝は叩《たた》きつけるように、

「あなた、お会いになるんですか。」

佐山は時枝の剣幕にたじろいで、

「うん？　どうして……？」

「いくじなし。」

ふんと笑って、佐山が玄関へ行こうとすると、時枝は二人の子供を声高に呼んで、裏口から出て行ってしまった。

佐山は驚いた。時枝にすまぬと思ったが、腹も立った。

彼にそむいた恋人が、ひょっこり訪《たず》ねて来たのに自分から素直に玄関へ出迎えるのは、なるほど、腑甲斐《ふがい》ないことにちがいない。現在の妻としては、たまらない侮辱だろう。

しかし、佐山は、なんの用か、多分金の無心かなと思った程度で、昔の恋人という感情は、ぴんと来なかったのである。

時枝の騒ぎは玄関の民子にも分ったろうに、みっともないと、佐山はむしろ、妻の代りに見栄《みえ》を張りたいくらいのものであった。

つとめてなにげなく、民子を書斎に通した。

「奥さまは、さぞ、ずうずうしい女だと思ってらっしゃるでしょうねえ。」

と、民子は繰り返して言った。

「奥さまに、そこで見つからなかったら、今日もあのまま帰ってしまったと思いますわ。この間から、二三度御門のところまで来ましたけれど、あんまりあつかましいから、よう入りませんでしたの。」

民子は気の毒なほど卑下した。そして、佐山をなつかしがった。口先だけでなく、真実なつかしそうな態度だった。

佐山は自分の方が民子に悪いことをして、しかもしゃあしゃあしているかのように感じたほどだった。

どうしているのかとたずねた。民子は、最初結婚した男が結核になって、男の田舎へ帰り、四年間看病して死別したことや、一人の女の子をつれて、今の夫の根岸と再婚して五年になることなどを、こまごまと話した。それは、自分のことをよく知っていてくれる親しい人に訴えるような調子だったが、

「随分苦労ばかりして来ましたわ。罰《ばち》があたって……。あの時、自分の幸福を自分で逃がしたんですから、しかたがないとあきらめてますの。つらい時は、佐山さんを思い出して、よけい悲しくなりますの。自分勝手ですわね。」

佐山にそむいた罰があたったと言うのである。佐山と結婚していたら、幸福だったろうと言うのである。

根岸は朝鮮を浮浪して来た鉱山技師だが、内地へ帰っても山気が抜けないで、運よく鉱山につとめても、直ぐ自分の野心を出しては追われ、いどころも分らない時が多

くて、民子は方々の山へ夫を追っかけ歩き、たまに東京に落ちついたと思うと、民子を酒場などで稼《かせ》がせて、小遣《こづかい》がたまると、また飛び出して行くのだそうである。民子は長年の無理がたたって、体にひびが入り、今は医者がよく起きて働いているとあきれるほど、心臓と腎臓《じんぞう》とが悪く、さっきも時枝に見つかって逃げ出すと、眼が見えなくなって、くらくら倒れたのだそうである。時々倒れて、このまま死ぬのではないかと思うという。

民子は血の気がなくて、手なども青黒く骨立っていた。髪も薄かった。

今度こそはいよいよ根岸と別れる決心をしたと、民子は言った。

それについて、娘と二人の糧《かて》に喫茶店を出したいから、五百円貸してくれと切り出した。

五百円では、ろくな店が開けまい。流行病のように蔓《はびこ》る同商売のなかで、うまく立ちゆくものか。また、こんな体の民子には無理だろう。

しかし民子は、

「近所にいい店を持ってる方が、帰国なさることになって、私が後をやる気なら、特別に安く譲って下さるというんですの。居抜きで、明日からでも始められますの。娘も今の父親を憎悪《ぞうお》していますから、店を楽しみにしてますわ。」

「幾つなんです。」

「もう十三になりますの。じきに学校もおしまいで、店を手伝ってくれますわ。」

そして民子は、店の様子や場所などを、楽しそうに話した。算段すれば出来ぬことはないが、手もとに遊んでいる金はなかった。

佐山は五百円という金を持っていないということわった。

佐山が「成功した」と思っている民子には、信じられぬらしかった。しかし、出鼻を挫《くじ》かれて、借金に来られる筋合でないということが省みられたのか、恥かしいと言って、崩折《くずお》れるように泣き出した。精根のつきた姿だった。

二人は体の関係がなかったから、尚更《なおさら》無心は成り立たないわけだった。

佐山はまた子供のことをたずねた。せめてその娘には、以前の恋人の面影があろうかと思って、

「あんたに似てるの？」

「いいえ、あんまり似てないようですの。眼が大きくて、皆さんから可愛《かわい》いって言われますわ。つれて来ればよかったですわ。」

「そうですね。」

「佐山さんの映画を見て、よくお噂《うわさ》を聞かせてありますから、雪子も佐山さんのこと

は、よく知っておりますの。」

　佐山はにがい顔をした。

　時枝はまだ戻って来ないが、子供をつれて行ったから、佐山は心配しなかった。

　民子は今のつらさと昔のなつかしさとを、泣きながら話しつづけて突然、

「佐山さんは、真面目《まじめ》ねえ……。」

　と、感慨をこめて言った。

　佐山は意味が分らなかった。根岸と別れ、喫茶店を出して、佐山の世話になろうという、民子の下心だったのだろうか。それともただ、佐山の人柄をなつかしがって来たのだろうか。

　民子は二時間ばかりいた。

　時枝は薄暗くなってから帰って来た。佐山の様子を見ると、不安も消えたらしく、民子のことにしつっこくはこだわらなかった。結局無心だったと言って、民子の身の上を話した。

「でも、よくお金のことなんか言って来られたものね。お貸しになるおつもり？」

「ないものはしようがないさ。――今までどこへ行ってたんだ。」

「公園で、子供を遊ばせていたわ。」

三

雪子を新婚旅行させる、熱海の温泉宿でも、

「佐山さんは、真面目ねえ……。」

という、雪子の母の言葉を、佐山は思い出した。

それは彼をあざけっているようにも聞える。また、民子自身の男運のつたなさを訴えているようにも聞える。

民子の葬式を手伝い、雪子を嫁入りさせることになったのも、佐山のそういうところと、時枝の人のいい人情脆《もろ》さとの結果にはちがいなかった。

……民子が来てから、二月ばかり後のこと、夕方、佐山が撮影所から帰ると、

「今日また民子さんが来ましたよ。」

と、時枝が言った。

「子供をつれて……。」

「へええ、子供をつれて……？　どんな子だった。」

「割といい子ですの。可愛いわ。お母さんよりもきれいね。——あなたの子だとおもしろかったわね。」

と、からかうほど、時枝の落ちついているのが、佐山は少し意外で、

「それで、上って行ったの？」

「ええ、ついさっきまで、いろんな話をして行ったわ。聞いてみると、随分お気の毒な人なんですね。話がなかなかつきないんですよ。」

時枝はもう民子になんの反感もなく、同情しているようだった。そして、同情する自分に、満足を感じているようだった。

家庭の平和を脅《おびや》かすような力は、最早《もはや》民子にはないにしても、時枝と民子の二人が、女同士らしく打ちとけて話したらしいことは、佐山の想像外の飛躍だった。

今は時枝の方が佐山よりも、民子の身の上については詳しいという顔つきで、

「根岸とかいう鉱山技師と別れたと言ってましたよ。」

「別れたの？　喫茶店をやってるのかしら？」

「そうでもないようでしたわ。」

一人の子供の行く先々のことまで考えて、しっかりした女だと、時枝は言った。

それっきり、民子は訪ねて来なかったが、半年ばかりして、佐山は銀座で偶然民子に行き会った。

民子はやはりなつかしがって、佐山について来た。

時枝が民子の子供をほめていたと言うと、民子はぱっと明るく微笑《ほほえ》んで、佐山にもぜひ雪子をちょっと見てほしいと、民子はもう自分でタクシイを捜すのだった。今直《す》ぐにかと、佐山はひきずられるようでいやだったが、

「ひとりですから、ちっともお気になさることはありませんのよ。」

と、民子は言った。

麻布十番の裏町の家では、水兵服を着た雪子が、粗末な机で勉強していた。女学校へ通っているのだろうか。

御挨拶《あいさつ》しなさいと民子が呼ぶと、雪子は立って来て、少女らしいおじぎをしたが、その後は、黙ってうつ向いていた。母に紹介されるまでもなく、佐山を知っている素振りだった。

「いいから勉強してらっしゃい。」

と、佐山が言うと、雪子はにこっと笑って、うなずいた。しかし、そのまま佐山の前に坐《すわ》っていた。

家具などさっぱりない家が、きちんとかたづいているので、却《かえ》って寒々とした。誰か世話する男があって、ここへ越して来たのかと、佐山は思った。民子の体は少しよいように見えた。

「あの時分は、まだ私ほんとうに子供で、なんにも分りませんでしたわ。まるでなにもかも、夢中でしたの。――だんだん分って来て、いつも心でお詫《わ》びしてましたけれど、こんなにして、会っていただけるとは思えませんでしたわ。」

と、民子はまた古いことを言い出した。

娘がそこにいるのにと、佐山は困った。

民子はちょっと雪子を見て、

「かまいませんの。この子は、みんな知っておりますのよ。――佐山さんの奥さんに、親切にしていただいてもいいのって、聞くんですの。」

母の初恋を、雪子はどんな風に話して聞かされているのだろうか。

「雪子は頼りの少い子供ですから、私に万一のことがありましたら、見てやっていただけませんでしょうか。佐山さんのことは、よく言い聞かせてあるつもりです。」

民子の言葉は奇怪にひびいた。

佐山は素直な信頼として受け取ったけれども、しかし、佐山の世話になって喫茶店を出したい下心が、民子にあったかもしれないというような、邪推を持って来ると、雪子を愛してくれとも、聞えかねないのだった。二度の結婚の外にも、男を持ち、妾《めかけ》もしたであろう、民子のような女には、路頭に迷いそうな娘のために、そういう生き方も思い浮ぶのかもしれない。

いずれにしろ、もう佐山は中年の男であった。清らかな青春の耳ではなかった。からだのつながりのない男女関係など、児戯に類すると、佐山は幾人かの女から教えこまれている。

民子もむろん、その最初の一人だった。

佐山と婚約した頃の民子は、彼女の言う通り、ほんの子供で、無我夢中であったにはちがいないが、彼女があっけなくほかの男と結婚してしまったわけは、若い佐山にはどうしても分らなくて、結局、佐山が民子のからだをうばわなかったからだという原因に突きあたった。平凡だが、その頃の佐山にとっては、痛烈な事実だった。

佐山が珠《たま》のように大事にし過ぎていたものを、はたの男が土足で踏み砕いたまでのことである。娘の肉体の盲目の流れを、彼はただ見送るほかはなかった。

民子が男のところに走ってからも、佐山はその下宿をたずねあてたが、彼女は肩をそびやかして、

「私はもうだめなんです。こんなになってしまったんです。」

「どうもなってやしないじゃないか。ここにこうして、ちゃんといるじゃないか。」

佐山はほんとうにそう思ったのだった。しかし、民子はぷいと立ち上って、佐山を

追い払うかのように、ばたばた部屋の掃除を始めた。

その時、暴力でつれて帰ればよかったのだと、佐山は後で悔まれた。どちらが民子をよけい愛しているとか、どちらが彼女を幸福にするとかは、問題でない。手荒な方が勝ちなのだった。

民子にそむかれたのも、佐山は自分の過《あやま》ちとして、女を責めはしなかった。――民子は、佐山が友人達と劇研究会をつくって、学生芝居などを催した時に、女優代りの手伝いに来た娘だった。そのうちに、佐山が結婚したいと言うと、民子はたわいなく承知した。佐山は卒業と同時に撮影所へ入った。芝居よりも新しい芸術として、映画に理想と情熱とを持ったが、それを愛人の民子の上に、花咲かせてみたかった。彼は民子を撮影所に入れた。今から結婚しては、せっかくの民子の才能も伸びないだろうし、自分のものにしてしまった女のことを、白っぽくれて人に頼むのも、若い彼は気がさすので、せめていい役がついてからという、楽しい夢のような婚約をつづけた。そのような民子を、紙屑《かみくず》のような映画新聞の記者が、撮影所へ無心に通っているうちに、宣伝してやるとか言いくるめて、連れ出してしまったのである。

そのために民子は、雪子を産み、田舎へ行って、男が死ぬまで看病したという。民子を失った当座、佐山は電車などに乗って、民子とおなじ年頃の十七八の娘の着物が、手にさわったりすると、泣き出しそうでならなかった。

留守の間に、民子が彼のところへ戻って来そうに思えて、おちおち外出も出来なかった。

そうして、十幾年の後の今、民子は佐山の目の前にいるが、使い果した滓《かす》のような女を、味わってみようという気は、もう起らない男であった。

民子の言うのがほんとうで、もし彼女が始終、佐山を思い出し、心で詫び、なつかしがり、娘の雪子にまで彼のことを話していたのだとすると、果して愛を裏切ったのは、どちらであろうか。

民子が落ちぶれ、佐山が民子の言う「成功」をしたから、こういうことも起って来る。民子は悲しいにつけ、つらいにつけ、佐山と結婚していたら、幸福であったろうにと、佐山の幻を追って、わが身の不運をなぐさめるよすがにしていたのにはちがいなかった。

そうとしても、またよしんば民子に打算があるとしても、今となっては、とにかく愛を貫いたのは民子の方であって、佐山は自分の幼い愛の滅びていなかったことを、不思議に思うのだった。

蒔《ま》いたことも忘れていたような愛の種子《たね》は、曲りなりにも実って来た。しなびた、すっぱい果実を、どう取り入れたらいいのであろうか。

そんなことよりも、民子の一生を狂わせて、不幸に追い立てたのは、初めが自分の手であったと、佐山は思い知るのだった。民子を愛し、そむかれ、悲しみ、忘れたことで、佐山はなんの損害を受けたろうか。

……佐山はそこそこに民子の家を出た。

民子は雪子をつれて送って来た。

坂道だったが、雪子は二人から離れて、片側の溝《みぞ》の縁ばかり歩いた。

「雪子。」

と、民子が呼んでも、雪子はまた溝の縁へ寄って歩いた。

四

——ハハタミコシスユキコ
という電報が来たのは、あくる年の四月だった。
「ユキコ……、差出人が、雪子となってますよ。あの子が一人で、どんなに困ってるかもしれませんわ。行っておやりになったら？」
と、時枝が言った。

佐山にも、どうしてだか、「ユキコ」という三字の音が、悲しく胸にしみた。麻布の家へ一度行ったきりで、向うからも音沙汰《おとさた》がなかったのに、雪子はどういうつもりで、自分の名前で母の死を報《しら》せてよこしたのだろう。

「葬式はいつかわからないが、その前に行くとなると、少し金を準備して行かなくちゃならんかもしれんね。」

「そんなこと……。なにもそんなことまで、あなたが……。」

する義理はないと、時枝は気色《けしき》ばみかかったが、

「しかたがないわ。最後の御奉公と言うんでしょうかね。不思議な災難ですわ。」

と、笑いにまぎらわして、佐山の喪服も揃《そろ》えてくれた。

民子の家には近所の人らしいのがごたごたいたが、むろん佐山を誰だかわかろうはずがなく、

「雪ちゃん、雪ちゃん。」

と呼んだ。

雪子は走り出て来た。母に死なれたとは見えない、元気な少女だった。

佐山を見ると、よほどびっくりしたようだが、なんとも言いようなく純真にうれしい顔を、ぱっと見せた。そして、ちょっと頬を染めた。

ああ、来てやってよかったと、佐山は心が温《あたた》まった。

佐山は黙って、仏の方へ行くと、雪子がついて来た。

佐山は香をたいた。

雪子は民子の頭の方に坐って、少しかがみながら、

「母ちゃん。」

と、民子を呼ぶと、死顔の上の白い布を取った。

佐山は、民子が死んでいることよりも、雪子が佐山の来たことを母に報せて、民子の顔を佐山に見せたことに、よけい心を突かれた。

佐山は静かな白蠟《はくろう》のような民子を見て、

「いい顔だね。」

雪子はうなずいた。

「母ちゃんが……。」

「母ちゃんが？」

「佐山さんによろしくって言いました。」

そして、雪子は急にむせび泣くと、両手で顔をおさえた。

「それで電報をくれたの？」

「そうです。」

「よく報せてくれたね、ありがとう。」

と、佐山は雪子の肩へ手をやって、

「雪ちゃんが泣いちゃ、だめだよ。雪ちゃんが泣くと、皆が困るからね。」

雪子は素直に幾度もうなずいて、眼を拭《ふ》いた。

佐山は白い布で民子の顔を隠した。

もう電燈《でんとう》がついていた。

佐山は帰るわけにもゆかないし、いるのも変な工合なので、とにかく様子を見るつもりで、片隅にひかえていると、雪子がいそいそと、座蒲団《ざぶとん》とか、茶とか、灰皿とかを、彼の前へ運んで来た。一生懸命でいじらしかったが、佐山一人にばかりつとめて、ほかの客は眼中にないらしい。露骨なさまは、いくら雪子が少女にしても、人目になんとうつるであろうかと、佐山は雪子を表に呼び出した。

しかし、雪子が悲しいなかで、ほとんど無意識にしていることを、自分にだけかまってはいけないとは、彼は言いにくかった。

「葬式の世話をしてくれる人は、どの人……？」

「呼んで来ましょうか。」

「いいよ。――お通夜《つや》の時に食べるもの、支度してあるの?」

「知りませんわ。」

「それじゃ、なにか註文《ちゅうもん》しとかないといけないね。近所におすし屋があるでしょう?」

「ええ。」

「いっしょに行こう。」

暗い坂を下りて行くうちに、佐山の方が悲しくなって来た。

雪子はまた溝の縁を歩くのである。

「真中を歩けよ。」

と、佐山が言うと、雪子はびっくりして、ぴったり寄り添って来た。

「あら、桜が咲いてますわ。」

「桜?」

「ええ、あすこ。」

と、雪子は大きい屋敷の塀《へい》の上を指さした。

佐山は金を出したが、雪子はこわいもののように受け取らなかった。

「雪ちゃんも少しは持ってないとね、いるかもしれないよ。」

と、懐《ふところ》に入れてやろうとすると、雪子が体をよじったので、札は道に散らばり落ちた。

佐山は拾おうとした。

「あたしが拾います。」

雪子ははっきり言って、そこにしゃがむと、堰《せき》を切ったように泣き出した。

立って歩きながらも、泣きつづけた。

「うちへ帰ったら、泣き止《や》まなくちゃだめだよ。」

二人が戻って来ると、その間に、佐山を重んじなければならぬ、或《ある》いは彼に頼るべきだという、話がまとまったのか、近所の人達はなにかと彼に相談し出した。

民子の老父が田舎から出て来ていたけれど、貧しい百姓のような人で、勝手が分らぬらしく、遠慮ばかりしていた。

近所の人はまた、佐山が煙ったいらしく、先きに寝てくれとしきりにすすめて、

「雪ちゃんも、この間から疲れてるから、今夜はお休み。よく寝とかないと、明日が大変だよ。さあ、さあ。お隣りの二階に、寝床が取ってあるから、小父《おじ》さんを案内してね。」

雪子が佐山の傍に立って待っているので、彼もお隣りの二階へ行った。

六畳に三つ寝床が敷いてあった。端の一つには、誰か女が眠っているので、佐山は

床の間の方の寝床へ入った。

真中の寝床で、雪子がいつまでもごそごそとしていた。

「眠れないの？」

と、佐山が声をかけると、そのはずみに雪子はまたしゃくり上げた。

佐山は遠くから、雪子の首をちょっと抱いてやった。雪子は佐山の手をつかんで、顔をおしあてた。

掌《てのひら》が雪子の温かい涙に濡《ぬ》れて来ると、佐山はもう民子の悲しい愛が伝わって来るのを疑えなかった。

「寝られない？」

「ええ。」

「悲しいだろうけれど。」

雪子は首を振りながら、

「この蒲団臭くって、気持悪い……。」

「ええ？」

佐山が乗り出してみると、男のひどい体臭だった。

佐山は突然雪子に女を感じた。

「替ってやるよ。誰か男の人の蒲団だよ。」

あくる朝、雪子は火葬場で、佐山の渡しておいた金を払った。

五

やっぱり雪子は、自分の婚礼の日の朝飯の支度までした。

「雪ちゃん、止《よ》して頂戴《ちょうだい》。」

と、時枝が言って、子供達を叱《しか》っている声で、佐山が起きて行ってみると、雪子は二人の子供の学校行きの弁当をつめていた。

時枝は女中にも、こごとを言った。

「いいですわ、小母《おば》さん。これがおしまいですから、させていただきます。」

そして、子供達に弁当を渡して、

「はい。」

と、雪子は両方に子供の手を引いて出て行った。それを見送りながら、

「あなた、最後の御奉公ですよ、覚えてらっしゃる？」

と、時枝は佐山に笑いかけた。

「そうだね。――嫁入りまでさせれば、これこそ最後の御奉公だ。」

「どうですか……。まだまだ、なにがあるかしれませんよ。」

……雪子を引き取ったのは、佐山よりもむしろ時枝の同情から出たことだった。

民子の葬式からしばらくして、佐山は雪子に手紙を出してみたが、宛名人《あてな》の転居先不明という附箋《ふせん》で戻って来た。

或《あ》る日、時枝が百貨店へ行くと、食堂の給仕をしている雪子に会って、

「そのなつかしがりようが、ちょっとやそっとじゃないのよ。可哀想《かわいそう》に、女学校をやめて、百貨店の寄宿舎にいるんですって……。あなたなら、きっと、うちへおいでってておっしゃるわよ。」

というような話から、雪子は佐山の家の人になったわけだった。

雪子は女学校をつづけさせてもらったというものの、子供達の世話から台所のことまで、実によく働いた。夫の昔の恋人の娘だということなど忘れて、時枝の方が雪子をすっかり気に入ってしまった。

結婚させるについては、後のために、佐山の家へ雪子の籍を入れて、養女にしたのも、時枝だった。

撮影所へ出入りの洋服屋で、縁談の仲立ちを内職にしている男が、雪子を見て、話を持って来ると、時枝は乗気になった。

「雪ちゃんは素直でいいけれど、なにか時々ぼんやりしてることがあるから、もうお嫁入りさせた方がよろしいのよ。やっぱりひとの娘を、あんまり長いこと、とりこにしとくもんじゃないと思うの。」

と、時枝は言うのである。

相手の若杉は、大学を三年ほど前に出た銀行員で、係累《けいるい》は少いし、雪子にはよすぎるほどの縁談にはちがいなかった。

雪子は佐山達にまかせると答えた。

婚礼の日の朝、雪子が家を出て行く、しるしばかりの祝いの膳《ぜん》について、雪子の挨《あい》拶《さつ》があってから、

「雪ちゃん、どうしても、どうしてもつらいことがあったら、帰ってらっしゃいね。」

と、時枝が言うと、急に雪子は、くっくっくっと涙にむせんで、手をふるわせて泣いた。部屋を走り出てしまった。

「馬鹿《ばか》なこと言うやつがあるか。」

「だって、そりゃあ、自分の娘なら言いませんよ。」

と、時枝は佐山に突っかかった。

「だけど、雪子の場合は、ああでも言わなければ、可哀想じゃありませんか。」

「それにしたって……。」

「いいですわ。どこの花嫁さんだって、うちを出て行く時には、たいてい泣くんですから……。雪子も泣いて、うちの娘になってくれたと思いますわ。」

飯田橋の大神宮では、新郎の若杉の側は、親戚《しんせき》が十四人も並んでいるのに、新婦の雪子の側は、佐山夫婦二人っきりで、広々と薄暗い式場がさびしかった。

披露《ひろう》の席には、佐山の友人夫婦二組のほかは、雪子の女学校の友達を十人ほど招いておいた。この振袖《ふりそで》の令嬢達は、婚礼を華やかにしてくれた。

佐山は花嫁の親の席につきながら、

「なかなかきれいなお嫁さんじゃないか。堂々として……。」

「そうよ、着つけの時に、胸をふくらませてもらったんですもの。」

「胸を……? なにか入れたの?」

「黙ってらっしゃいよ。」

と、時枝はたしなめた。

しかし、佐山は民子のことが切なく思い出されて、黙ってはいられなかった。民子の幽霊が、娘の花嫁姿をのぞいてはいないかと、窓の方を振り向いたりした。

「おどろいたね。雪子は出る料理を、みんな食べてるじゃないか。」

「そうよ。召し上れって、私が言っといたんですもの。今のお嫁さんは、たいてい食べますわ。あんまりなにも食べないのは、かえってよくないのよ。」

「そうかしら……？　なにか、やけくそみたいじゃないか。」

と、佐山はささやいた。

新婚旅行は見送らなかった。駅までと言う時枝を止めて、

「嫁の親が行くもんじゃない。」

披露の席から帰る車のなかのさびしさと言ったらなかった。

しばらく黙りこんで、うつ向いていたが、佐山はぼんやりと、

「なかなか本式の婚礼だったね。」

「そうね。――これで私の民子さんへの義理もすんだかしら……？」

「おかしなことを言うの、よそう。」

「ええ。――あなた、雪ちゃんが好きだったんでしょう？」

「好きだった。」

と、佐山は静かに答えた。

「私に遠慮して、お嫁におやりにならなくてもよかったのに……。もう三四年、うちにおけばよかったわ。こんなにさびしいとは思わなかった。」

と、時枝も静かに言った。

「なんだか、お嫁にやるって、残酷なもんだよ。」

「可哀想ね。――もっと結婚前のおつき合いをさせといて、若杉さんとよく知ってれば、こんな気はしないんでしょうけれど……。」

「そうかもしれん。」

「私もう、うちの子供は、お嫁にやるのいやよ。恋愛をしてもらうわ。断然、恋愛をしてもらうわ。」

佐山の上の子は娘だった。

三日目には新婚旅行から帰って、仲人《なこうど》の家などへ礼に歩くことになっているので、佐山が若杉と雪子の新居へ行ってみると、なんという意外なことか、根岸がそこに坐《すわ》りこんで、雪子を怒鳴りつけているところだった。

雪子をことわりなしに嫁入りさせたのは、けしからんと、根岸は佐山にも食ってかかった。根岸は一時雪子の養父だったにはちがいないが、彼の籍には入っていなかったし、民子とも別れたのだから、先《ま》ず無法な言いがかりだった。

根岸は自分もいっしょに、若杉の親や仲人のところへ行くと言って、車に乗りこんで来た。佐山は彼を帰すつもりで、或るビルジングの前に車を止めて、地下室で話をつけていると、ちょっと座を離れたと思った雪子が、いつまで待っても戻って来ないのである。

きっと佐山の家へ避難したのであろうということにして、佐山は若杉に帰ってもらった。

しかし、その夜、雪子は佐山の家にも戻らなかった。

新家庭が根岸に脅《おびや》かされることを恐れて、雪子は失踪《しっそう》したのか。自殺はしないか。

佐山は雪子の最も親しい女学校友達に電話をかけた。

「ええ、御結婚の直《す》ぐ前に、長い手紙をいただきましたけれど、ちょっと……。」

「ちょっと……？　手紙ね。なにが書いてありました？」

「ちょっと……。申し上げてよろしいかしら？」

「言って下さい。」

「あの、よくは分りませんけど、雪子さんに、好きな人があったんじゃありませんの？」

「はあ？　好きな人がですか？　愛人ですか？」

「存じませんのよ、私……。でも、初恋は、結婚によっても、なにによっても、滅びないことを、お母さんが教えてくれたから、私は言われるままにお嫁入りするって、そんなことがいろいろ書いてありましたの。」

「はあ?」

佐山は受話器を持ったまま、ふっと眼をつぶってしまった。

次の日、抜けられない用事で、佐山が撮影所へ顔を出すと、雪子が朝早くから来て、彼をしょんぼり待っていた。

佐山は直ぐに車を呼んで、雪子を乗せた。

自分の愚かさと言おうか、うかつさと言おうか——しかし、今更それには触れられないので、

「根岸なんか、なにもこわがることないじゃないか。」

「ええ。あんな人、なんともありませんわ。」

「ほかにも、なにかつらいことあったの? ——つらいことがあれば、帰っておいでと、時枝は言ったが……。」

雪子はじっと前の窓を見つめたまま、

「あの時、私、奥さんは幸福な方だと思いましたわ。」

雪子のただ一度の愛の告白であり、佐山へのただ一度の抗議だった。

雪子を若杉のところへ送りとどけるために、車を走らせているのかどうか、それは

佐山自身にも分らなかった。

民子から雪子へと貫いて来た愛の稲妻が、佐山の心にきらめくばかりだった。

女の夢

一

久原健一は三十六歳で、不意に結婚をした。

当人が独身主義を標榜《ひょうぼう》していたわけではなし、ちゃんと仲人《なこうど》を立てての話だったから、なにも「不意に」と言うことはないのだが、少くとも彼の友人連中には、思いがけない出来事だった。相手の令嬢が、立派過ぎたせいもあるかもしれない。あいつはなかなか考えてなかには、自分の早まった結婚を後悔する友人もあった。あいつはなかなか考えてると、皆がなんとなく久原を見直した。細君の持参金で、いよいよ開業するぞと、うわさし合った。同じ開業にしても、久原はのっけから大きい医院を構えそうな人物に思えて来た。いや、あいつは母校の教授をねらってると言い出す者もあった。とにかく、この結婚で、久原が急に派手な存在に見えて来たから、妙なものである。

久原は歯科の医学校を卒《お》えてから、綜合《そうごう》医科大学の助手に入った。箔《はく》をつけかたがた、実地を見習い、勿論《もちろん》また学位を取るためであったが、比較的早く論文が通った後も、ずっと研究室に残っていた。歯科の実地も開業も忘れてしまって、病理学者に転身するかのように見えた。

彼がいつまでも結婚しないことと合せて、変っているという通り相場になった。歯科の方の旧友連はつきあいにくくなり、あいつは近頃学者肌を気取っていると、多少敬遠され出した形だった。

それが今度の結婚によって、なんとなく久原の人気が立って来たのは、彼自身にさえ意外だった。古い友人が訪《たず》ねて来ても、これまでとは口のきき方からしてちがうようだ。妻の治子《はるこ》を連れて歩いていると、振り返る人の眼が、久原を相当の人間と見てくれるようだ。

結婚のこういう効果は、今から後、有形無形にどれだけあるかしれたものでなく、治子は単に美貌《びぼう》という以上に、福を背負って生れて来ているのだろうと、久原は思った。自分の不徳で、治子に備わった徳を、そこなってはならぬと考えた。

それにしても、治子のような令嬢が、いわばまあ売れ残っていたのは、久原の友人連も皆不思議がった。二十三四に見えるけれども、治子はもう二十七である。

「今の世にも、宝の埋もれていることはあるのかね。宝捜しはしてみるものだね。」

と、羨望《せんぼう》に少しの皮肉をまじえて言われたりするのを、久原は軽く笑って聞き流した。果報を寝て待った人のような顔に見えた。そして、治子が婚期をおくらせていた原因を、誰にも打ち明けはしなかった。

しかし、そんな時、久原は奇態な仲人口を思い出さずにはいられなかった。

「その後も、お嬢さまは、それと知らないで、ちょいちょいお見合いのようなことを、させられなさった様子ですが、先方から熱心に望まれなかったことは、一度もないというお方です。」

けれども、結婚しまいという治子の心は根強くて、騙《だま》し討ちのような見合いなどで動かせないと分ると、両親も遂《つい》に匙《さじ》を投げてしまった。三四年この方は、もう縁談を娘の耳に入れるのも避けるようにしていた。

ところが、久原の場合はちがうと、仲人は言うのである。

芝居小屋で偶然出会った風にして、母が大学病院で世話になった医者だと、久原を治子に紹介した段取りは、治子が前に幾度もひっかかったのと同じような見合いだったが、治子は四五年前のように、てんで受けつけないというのではなかった。

両親は夜が明けたような喜びである。

しかし治子は、あのことを久原に話してみてほしいと言った。

つまり、治子に失恋して死んだ青年があったのだ。

ほんの子供の狂言自殺で、それも片思いに過ぎなかったと、仲人はつとめて気軽な笑い話にした。

いずれにしろ、そんなことのために、治子のようになに不足のない令嬢が、青春のほとんどすべてを空《むな》しく過そうとしていたのは、久原をおどろかせた。

そういう純情の方なら、尚更《なおさら》結構だと、久原が型通りに答えたのは無論である。

——同じ答えをした縁談の相手は、前にも幾人かあった。

「全く、そういう風に御理解いただけましたら……。」

と、仲人は頭を下げて、

「これが昔ですと、お嬢さまは罪もないのに、尼寺へお入りになりそうなことでございますな。」

とにかく久原は、直接治子の口から、その青年のことを聞いてみたいと思った。それによって、どうするというわけではなく、彼の心はもうきまっているのだし、彼くらいの年になれば、黙って結婚するのが男らしい気がしたけれども、あの立派な令嬢に、過去の告白をさせるのには、なにかしら楽しみもあった。

二

治子の家では、結婚前の交際を自由にさせた。もう二十七にもなっている娘が、自分から進んで縁談の相手に会いに行ってくれるならば、むしろ喜んでいいことだった。

それに、久原との話を逃せば、治子はほんとうに老嬢で終りそうな不安で、両親も腫物《はれもの》にさわるようにしていた。

しかし、治子の体つきにもどことなく備わった気品に、久原ははじめから押されがちで、あの青年のことも、つい言いそびれていたが、

「治子さんの結婚を延ばしてらしたわけは、大体仲人から聞きましたが……。」

と、切り出すと、治子はうなずいて見せた。

この話をする機会を待ち構えていたという風で、真剣な顔になった。瞼《まぶた》をほうっと赤らめた。

それはまた、急に幼げな表情とも見えるので、久原は後がつかえて、

「ところが、僕との話は、まあ進めてもいいという風に、お気持が変ったのは……？」

と、まずいことを言ってしまった。

「自分にも分りませんの。お医者さまだからかもしれませんわ。」

「医者だから……？」

久原は治子の子供臭い答えに、半ばあきれた。ひとを小馬鹿《こばか》にしているのかと思った。

「なるほど医者がいいかもしれませんね。医者の方から言うと、治子さんが今まで結

婚を恐れてらしたのも、一種の病的な精神に過ぎませんからね。それも、極《きわ》めて軽症で、治《なお》りやすい……。」

と、言わずにはいられなかった。

でも治子は、久原の言葉を皮肉と受け取る様子はなくて、なにか自分ひとりの思いにひたっているようだった。

久原はいくらか不気味なほどで、もしかすると治子には、偏執狂じみた一面、白痴的なところがありはしないかと、疑ったほどである。

もっとも、そのために今まで数々の縁談を捨てて来たのだとすると、治子の心に、よほど根深い傷を残していることなのは、分りきった話だった。

もっと素直に治子を慰めて、自然と結ぼれが解けるように、その青年のことを打ち明ける、糸口をつけてやらねばならない。

久原は繰り返して、治子の過去に少しもこだわるわけではないが、それをきれいに拭《ふ》き取ってから、結婚に入りたいと言った。重い荷物ならば、二人で軽くしようと言った。胸につかえている病原は、吐瀉《としゃ》してしまうか、洗滌《せんじょう》してしまうがよいと言った。

「ええ。」

と、治子はうなずいて、

「私もすっかりお話しておきたいと思ってましたわ。なにもかも、それからのことにしていただきたいんですの。」

「それから考え直すという意味じゃありませんが、ただ、治子さんをさっぱりさせて上げたいから……。」

「ええ。ですけれど……。」

と、治子はまた真剣な目差《まなざし》で、久原を鋭く見つめたかと思うと、頬を赤らめてうつ向きながら、

「私のわがままですけれど、久原さんの方から先きにおっしゃって……。」

「先きに……？　僕の方が……？」

治子はうなずいた。その肩がかすかにふるえている。

久原は不意に足をすくわれたようにあわてて、

「僕がなにを言うんですか。」

「あら？」

治子はむしろおどろいたらしく、

「それはもう、許していただかなければなりませんのは、私ばかりでしょうと思いま

すけれど、なんにもおっしゃって下さらないのは、心細いんですもの。」

「僕は、言うことなんて、なにもありませんよ。」

と言っても、治子は無論信じてくれる風はなかった。

ばかりでなく、その言葉は、久原自身にも力なく聞えるのが、妙だった。

「ほんとうにないんですよ。」

と、言えば言うほど、却《かえ》っておかしく響いた。

「そんなに久原さんがお逃げになると、なんですか、私も申し上げにくくなりますわ。困ってしまいましたわ。」

治子は心の扉を急に閉じたようだった。

「私ばかりが悲しい目にあうような気がしますもの。」

そしてその日は、うちとけられないで別れてしまった。

考えてみると、治子の抗議はもっともだった。

これという欠点もない男が、三十六まで独身で暮す間に、一つや二つの女沙汰《ざた》がないわけはなかった。治子は常識で判断したに過ぎない。また、少し常識以上の想像を働かせたのかもしれなかった。治子のために自殺した青年があるのを承知の上で、いっしょになろうというからには、久原の方も、三十六まで結婚を避けて来たほどの、深い痛手があって、いわば相身互《あいみたが》いと、治子は思ったのだろうか。

似た者同士で、慰め合い、許し合うつもりで、治子は結婚する気になったのだろうか。

いずれにしろ、治子の方の告白を聞くことばかり考えていたのは、明らかに一つの身勝手な片手落ちにはちがいなかった。

だから、治子が、男の方から先きにと言い出した時には、不意に虚を突かれたような気がしたのだった。

久原だって、少年のように清潔な身ではないが、しかしいざ結婚となって、心残りがしたり、やましい思いをしたりしなければならぬような女は、一人もなかったのである。

生れつきの女嫌《ぎら》いというわけではなし、女の匂《にお》いを恐れて暮して来たわけでもないが、不思議と女運がなかったとでも言うのだろうか。

しかし、当然あるべき年頃に女の問題が起らぬと、いつとなくそれが性格の色合いになって、女の方で彼を避けて通ったのかもしれない。知らず識《し》らずのうちに、久原が研究室の人のようになったのも、そのせいかもしれない。

そういう彼だからこそ、治子との結婚が、友人連に意外の感じを与えたのだろう。

久原自身はさほどさびしいとも思って来なかったし、今となってみれば、女運がなかったどころか、最後に治子という大きい福運を引きあてたことになるのだが、治子の不意討ちで、久原は改めて過去を振り返ってみるような気持にもなった。

治子に告白するほどのものが、なにもないことは、今は誇りであり、喜びであるのに、この幸福な思いを、治子に素直に伝えられなかったのは、自分の不徳でなくてなんであろう。つまりは、誠実が足りないのであろうと、久原は思った。

それもつまりは、日頃の自分の生き方に、ほんとうでないところがあるからなのだろうか。

そう反省する一方では、治子が信じてくれないのも、むしろ当然だと、軽く自分を笑う心も動いた。

彼が先きに告白するまでは、治子も告白しないのなら、架空の恋物語をまことしやかに話して聞かせたらどうであろうか。

三

久原は治子のおかげで、幼なじみから病院の婦人患者や看護婦まで、彼の知る限りの女の面影を、あれこれとさがしもとめて、恋愛の空想に耽《ふけ》ってみた。

馬鹿げた遊びだった。そしてまた、縁談の相手の治子を一方に置いてのことでは、なおさら、なんの生彩もなく、実感もなかった。

さすがに彼は、くだらない作り話を餌《え》にして、治子の告白を釣り出すようなことは出来なかった。

ところが、治子のために自殺したという青年とのいきさつも、聞いてみると、一向あっけない話だった。

その青年と治子とは、二つちがいのいとこで、幼い頃は家も近くに育ったが、従兄《いとこ》の父が地方長官として、東京を離れてからは、手紙のやりとりが続き、夏と冬との休みには、海水浴場やスキイ場で、いっしょに暮すのが楽しみだった。ところが、中学の上級になると、従兄の手紙は感傷的な恋文じみて来た。そして、東京の高等学校へ入ってからは、治子の家から通学するようになって、とうとう治子に愛を求めた。いとこ同士では結婚が出来ないからと、治子ははっきり拒んだ。従兄はその冬に限って、ひとりでスキイに行き、吹雪《ふぶき》のなかを無理な山スキイに出かけて、谷へ落ちた。直《す》ぐに救われたが、その時胸を打ったのがもとで、肋膜《ろくまく》をわずらい、療養所に入った。そこで自殺したのである。治子にあてた長い遺書があった。その一部分は新聞にも出た。病院で死んでいれば、まだよかったのだが、海岸から投身したので、病院でも多少責任を紛らわすために、遺書まで新聞記者に見せて、失恋自殺ということを明らかにした。

「治子さんの幾つの時ですか。」

と、久原はあいさつに困って、しばらくしてから言った。

あまりに平凡な筋書なので、久原は却って作り話かと疑ったほどである。これに似た新聞記事は、なん度も読んだような気がする。

しかし、どんな恋愛も、筋書だけを聞いたら、多少平凡なものなのだろう。

治子のような令嬢を、この年まで結婚させなかったのには、異常な悲劇がなければならぬと期待するなど、久原の方が病的な妄想《もうそう》だったにちがいない。

娘の心に打撃を与えるには、平凡な筋書で十分なのだ。

一時に烈《はげ》しく燃えた恋とちがって、このいとこ同士の間には、長年の美しい思い出が積み重なっている。

「治子さんは、その人を愛してたんですね？」

と、久原が言うと、治子は素直にうなずいて、

「ええ、後から考えてみますと……。でも、子供のことでしたのよ。」

「いとこに不幸があっては、親同士の間も困るでしょうしね。」

と、久原の言葉はしらじらしかったが、治子は真面目《まじめ》に、

「叔父も叔母も、私を責めるような人じゃありませんのよ。」

「それで、よけい義理を立てたわけですか。」

「義理……？　そうねえ、義理でしたかしら？」

しかし、治子のほんとうの告白は、ここで終ってはいなかったのである。

従兄が死んだのは、治子の十九の時で、その翌々年に縁談があった。治子も気が進んで、大方まとまった後に、従兄の自殺が先方に知れて、急に話がこわれたのだった。

従兄の死よりも、この破談の方が、治子の受けた打撃は強かったのである。

自分はもう結婚出来ない娘だと、この時治子が深く思い決したのも、縁談の相手の片桐を愛していたからであったろう。

治子が初めて愛したのは、従兄ではなくて、片桐であったかもしれない。片桐を愛したからこそ、従兄も愛していたかのように、思い出されて来たのかもしれない。

次の縁談もまた従兄の死のために破れることを、治子は恐れたにちがいなかったが、片桐を待つ心もあったのだった。

片桐の家から正式のことわりが来て間もなく、治子は一度だけ片桐とひそかに会ったことがあった。片桐は両親を説き伏せて結婚するからと約束した。

この片桐のことを、治子は久原にかくすつもりはなかった。久原が誘い出してくれさえすれば、多分打ち明けてしまっただろう。

しかし、従兄のことを聞いただけで、治子の告白はもうすんだという顔を、久原がして見せたので、彼女も黙って過したのだった。

それにまた治子としては、片桐のことの方が言いづらかった。久原との縁談があった頃には、片桐がとっくに別の女と結婚してしまったのを、治子は知って、屈辱を感じてもいたからである。

四

久原と結婚して二晩目、新婚旅行の宿屋で、治子は死んだ従兄の夢を見た。

従兄の田舎の家か、治子の実家か、よく分らないけれども、治子が部屋へ入って行くと、机に向っていた従兄が、ひょいと振り返った。治子はそのはずみに立ち止まった。そして気がついてみると、彼女はほとんど裸だった。自分の叫び声で、治子は目が覚めた。

言いようのない恥かしさで、顔がほてっていた。

治子はぞうっと寒気がした。久原の袖《そで》をつかまえた。従兄が死んでいると思うと、

恐しさのあまり、

「許して……。」

と、つぶやいた。

そしてふるえながら、夫の方に身を寄せた。

結婚して、やっぱり従兄に罪を犯したと、その夜は思ったが、後から考えると、この夢はひどく不貞なもののようであった。

しかし、従兄も片桐もいわばもう夢より淡くて、遠い影のように消え、晩婚に咲き出す花はそれだけ大輪で、治子も青春の蓄えを惜しみなく久原に与えた。

「僕等のように、ほんとうの相手が見つかるまで、辛抱強く待つ者には、自然の恵みがあるわけだよ。」

と、久原が言うと、治子は過去のなにも思い出すことを忘れた。

また、治子に備わった人徳は豊かにあふれ出て、この新家庭に大きい福運を生みそうであった。

或《あ》る日のこと、

「例の従兄の遺書というやつね、文章に少し変なところがなかったかい。」

と、久原はなにげなく言い出した。

「そうね。そうおっしゃれば、変なところがあったかもしれませんわ。」

と、治子も今は気軽に答えた。

「変なはずなんだよ。実はね、従兄の入ってたという療養所に、友人の友人がいて、調べてもらったんだが、従兄はひどい神経衰弱だったんだそうだよ。まあ、片足を精神病の方に突っ込んでる症状でね、病名もわかっている。なにも、治子に失恋して自殺したというんではなさそうなんだ。胸の病気を悲観したせいもあろうが、頭が変になってたのは、そういう素質だね、治子の責任じゃなかったのさ。」

「まあ？　そんなこと、いつお調べになりましたの？」

「とっくにね。」

「それなら、早くおっしゃってくだされればよかったのに、意地悪ねえ。」

と、治子は明るく夫を見上げたが、この時、ふっと頭をかすめたのは、もっと早く分っていれば、片桐と結婚出来たかもしれないということだった。

治子はわれながらおどろいて、悲しげな微笑にまぎらわした。久原は得意そうに、

「しかし、僕等の結婚したのも、気ちがいのおかげさ。」

「そうねえ。」

「治子は真面目に悩んで、御苦労さまだったわけで、それは僕も尊重したいが……。」

この時から、治子は再び、死んだ従兄のことを美しく思い出そうとつとめた。夏の海や冬の雪山はよみがえって来た。

しかし、治子のうちの天恵の福とも言えるものは、失われてゆくようだった。

ほくろの手紙

あの黒子《ほくろ》の、面白い夢を、わたくし昨夜見ました。

黒子と書いただけで、もうお分りでございましょう。この黒子のために、あなたに幾百度ともしれぬほど叱《しか》られました、あの黒子でございます。

右肩と言いますより、首のつけねと言った方がよさそうなところにございます黒子、

「黒豆より大きいぞ。あんまりいじると、いまに芽が出て来るから……。」

と、あなたがおからかいなさいました通り、大きいばかりでなく、黒子といたしましては珍らしく、ぷくっとふくれております。

わたくし小さいころから、寝床に入りますと、その黒子をいじるのが癖でございました。その癖をはじめてあなたに見つけられました時は、どんなに恥かしいことでございましたでしょう。涙を出して、泣いてしまいましたので、あなたをびっくりさせたほどでございました。

「ほら、ほら、また、小夜子《さよこ》……。さわると、よけい大きくなるよ。」

と、母にたしなめられたことはございますが、それも十四五より前のことで、後はわたくしひとりだけのものの癖でございましたから、自分で癖を忘れながら癖を出し

ているような癖でございました。

それをあなたに見とがめられましては、まだ妻というより娘のわたくしには、どんなに恥かしかったか、男の方にはお分りになりませんでしょうけれど、恥かしいばかりでなしに、これはたいへんなことになったと、わたくしは思いました。結婚ということが、おそろしいことのように思われたのでございます。

なんだか自分の秘密というものが一つもなくなってしまった気持——そのくせわたくしにはまだまだ自分の知らぬ秘密がいっぱいあって、それをみんなあなたに見破られそうなこわさ——自分のいどころを失ったようでございました。

あなたがすぐすやすやとおやすみになりますと、さびしいような、ほっとしたような、それでついうっかり、黒子へ手がゆきまして、はっとしたこともございました。

「安心して黒子にもさわれない……。」

と、母への手紙のなかに書こうかと考えますと、もう顔から火が出るようでございました。

「なんだ、黒子なんか気にすることがあるか。」

と、あなたは強いお言葉でおっしゃって下さいまして、わたくしはうれしそうにうなずきましたけれど、わたくしのみすぼらしい癖をもっと愛してやっていただけばよかったでしょうにと、今になって考えます。

まさか女の襟首《えりくび》をそうのぞきこんで見る方もございませんから、わたくしは黒子をそれほど気にはいたしておりませんでした。かたわの娘は扉《とびら》を閉じた部屋のように新鮮という言葉がございますが、黒子くらいではいくら大きくても、かたわというほどのことはございません。

でも、その黒子をいじる癖が、どうしてわたくしについたのでございましょう。またその癖が、どうしてあれほど、あなたのお気にさわったのでございましょう。

「こら、こらっ……。」

と、幾百度もお叱りになって、

「なにもわざわざ左の手を出さなくってもいいじゃないか。」

と、憎々しそうにおっしゃいました。

「左の手……？」

と、わたくしはびっくりしたように聞きかえしました。

ほんとうにそうでございました。いつも左の手でいじっておりましたことに、その時はじめて気がついたのでございます。

「あら？」

「右の肩の黒子なら、右手でさわりそうなもんだ。」

「そうかしら？」

と、わたくしは正直に右手を黒子のところへやってみまして、

「おかしいわ。」

「おかしくないさ。」

「だって、やっぱり左手でさわる方が、自然だわ。」

「右手の方が近いじゃないか。」

「近いけれど、逆手《さかて》ですもの。」

「逆手……？」

「ええ。つまり、首の前へ手をまわすか、うしろへ手をやるかの問題でしょう。」

と、わたくしもそのころは、素直に負けてはおりませんでした。ですけれど、そう口返答しながら、ふと気がつきましたことは、左手を右肩のうしろへまわしますと、おのずとあなたをふせぐような構えになっているということでございました。じぶんでじぶんをだくような姿になっているということでございました。

そうか、これはほんとうにすまなかったと、わたくしは心を打たれまして、

「でも、左の手じゃどうしていけませんの？」

と、やさしく言ってみました。

「左であろうと、右であろうと、悪い癖さ。」

「ええ。」

「黒子なんか、医者へ行って焼き取ってもらって来いって、度々《たびたび》言ってるじゃないか。」

「いやよ、恥かしいわ。」

「造作なく取れるそうだよ。」

「黒子を取りにお医者へ行く人がありますの？」

「いくらもあるらしいね。」

「そう？　だってそれは、顔の真中かなんかの黒子でしょう。わたしのようなところのは、取る人はないと思いますわ。お医者さんに笑われましてよ。これはきっと、旦《だん》那《な》さまがなにか言ったにちがいないと、かんづかれますわ。」

「この黒子にさわる癖があるからと、医者に言えばいいさ。」

「まあ……。」

と、わたくしはあきれまして、

「見えないところですもの、黒子くらいあったって、堪忍《かんにん》して頂戴《ちょうだい》。」

「あたっていいが、さわらないでほしいね。」

「さわるつもりはないんですのよ。」

「とにかく強情だよ。なんと言われても、癖をなおそうとしないんだからね。」

「なおそうとしてますわ。黒子にさわれないように、首のぴちっとしたシャツを着てやすんだことだってありましたわ。」

「それも永続きしなかったじゃないか。」

「でも、黒子にさわることがそんなに悪いことかしら……。」

と、わたくしはさからってもみたくなるのでございました。

「なにもそう悪いことじゃないだろうさ。しかし、いやだからやめてくれと言うんだよ。」

「どうしてそんなにおいやなんですの？」

「どうしてという理由を言うまでもないことだ。さわる必要がない、悪い癖だから、よしたらいいだろう。」

「よさないと言ってはいませんわ。」

「黒子にさわる時は、いつもぼんやりと妙な顔をしてるんだ。それがみじめに見えるんだ。」

「みじめ……？」

ほんとうにそうかもしれないと、わたくしはなにか心にしみて、うなずくところがございました。

「こんどからさわっていましたら、手でもほっぺたでも、ぴしゃっと叩《たた》いて頂戴。」

「うん。しかし、たったそれだけの癖が、二年も三年もかかって、自分でなおせないのは、なさけないと思わないのか。」

わたくしは黙って、「みじめ」とおっしゃった、あなたの言葉を、かみしめておりました。

腕を胸へまわしまして、首のうしろの黒子をいじっております姿は、なんとなくあわれにさびしゅうございましょう。孤独というような立派な言葉をつかいますことでなく、もっとみすぼらしく、けちくさい恰好《かっこう》でございましょう。ちっちゃい自分をかたくなに守っている、いやな女に見えますでしょう。おっしゃる通りに、ぼんやりと妙な顔をしているにちがいございません。

ぽかんと穴があいたようで、わたくしがあなたにしんから打ちとけていないしるしでございましたでしょうか。少女のころからの癖で、うっかりと黒子にさわって、われを忘れております時には、わたくしのほんとうの気持が顔に出ているのでございましょうか。

あなたもわたくしに御不満がおありになればこそ、女のこんな小さい癖に目くじらをお立てあそばしたのでございましょう。もし満足なさっておりましたら、にこにこと笑って、お見のがしいただけたことでございましょう。

おそろしいもので、この自分の癖を可愛《かわい》いと思って下さる男の方もありはしないかと、ふと考えました時には、わたくしぞっといたしました。

わたくしの癖を見つけて下さいました初めは、あなたの愛情からだということを、それはもう今も信じて疑いはいたしません。けれどもだんだんこじれてまいりますと、夫婦のあいだでは、こんな小さいことが、意地悪い根を生やすことになってしまいます。ほんとうはお互いの癖も気にならなくなるのが夫婦というものでございましょうけれど、まかりまちがいますと、正反対の方へ落ちてゆく夫婦もございますのでしょう。なにもかもなれ合ってしまう夫婦が愛し合い、どこまでも争い合いをつづける夫婦が憎み合っているのだとは、わたくし決して言いませんけれど、やはりわたくしの黒子にさわることをおゆるしになっておいた方が、結局はよろしかったのではないかしらと思われてなりません。

あなたはほんとうにわたくしをぶったり蹴《け》ったりなさいますようになりました。これほどまでになさらなくてもよい、うっかり黒子にさわるだけで、どうしてこんなひどいめにあわなければならないのかしらと、わたくしは泣きましたけれど、それはうわべだけのことで、

「いったいどうすればなおるんだ。」

と、声をふるわしていらっしゃるお気持は、よく分っておりましたから、そうおうらみはいたしませんでした。もし人に話しでもいたしましたら、乱暴な旦那さまだと言うにきまっています。でも、もとはどんなにつまらないことでございましょうと、じりじりなさってやり場のない夫婦のあいだでは、ぶっていただいた方がすっといたしますので、

「どうせなおりませんわ。手をしばって頂戴。」

と、わたくしは両手を合掌するようにして、あなたの胸の前へ差し出しました。わたくしというものをみんな差し上げるという風にでございました。

あなたは気が抜けててれくさそうなお顔つきで、わたくしのひもをといて、手をおくくりになりました。

しばられた両手で髪のみだれをなおすのをごらんになる、あなたのお眼は、わたくしうれしゅうございました。これでもう長いあいだの癖も、ほんとうになくなること

かと思いました。

けれどもその時分、もし黒子にちょっとでもさわってくれるひとがありましたら、あぶのうございました。

そんなにされましてもなおりませんので、さすがにあなたも愛想をおつかしなさいましたのでしょうか。根負けあそばして、勝手にしろというおつもりだったのでございましょうか。わたくしが黒子をいじっておりましても、見て見ぬふりで、もうなんにもおっしゃらなくなりました。

すると妙なものでございます。叱られても叩かれてもなおらない癖が、いつのまにかなくなってしまったではございませんか。無理になおそうといたしましたのではなく、自然になくなってしまったのでございます。

「わたしこのごろ、黒子にさわらないようになったでしょう？」

と、思い出したように言いますと、

「うん。」

と、気のなさそうなお顔でございました。

それほどどうでもよいことなのなら、なぜああまでお叱りになったのでしょうと、おうらみを言いたいところでございますけれど、逆にあなたの方からは、それほどたやすくなおることとなのなら、なぜ早くやめなかったのかと、おっしゃりたいところでございましょうか。でも、あなたは相手になって下さいません。

毒にも薬にもならぬ癖などどちらでもよい、好き勝手に一日いっぱい黒子《ほくろ》でもいじってるさという お顔つきですから、わたくしは張りあいが抜けまして、また意地になりまして、あなたの目の前で黒子にさわって見せようといたしましたのに、不思議なことには、手がどうしても黒子のところへまいりません。

わたくしはさびしくなりました。くやしくなりました。

それではあなたにかくれて、黒子にさわってみようといたしましても、なんですかしらじらしくて、なさけなくて、やっぱり手がそこへまいりません。

わたくしはじっとうつ向いて、脣《くちびる》をかんでおりました。

「黒子はどうしたい。」

と、あなたが言って下さるのを、わたくしは待っているような風でしたけれど、それからもう黒子という言葉は、二人のあいだになくなってしまったのでございました。

多分それといっしょに、たくさんのものもなくなって行ったことでございましょう。

なぜわたくしはあなたに叱っていただけるうちに、この癖をなおさなかったのでございましょう。ほんとうにいけない女でございます。

こんど里へ帰りまして、なにげなく母と一緒にお湯へ入りますと、

「小夜子のからだもきたなくなったねえ。年は争えない。」

と言われましたので、私はびっくりして母を見ますと、前と変りなく、つやつやと白く太っております。

「黒子も可愛くなくなったね。」

この黒子では、ずいぶん苦労したのよと、わたくし母には言いませんでしたけれど、

「黒子って、お医者が造作なく取ってくれるものですってね。」

「そう？　お医者がね……？　少しあとは残るでしょうよ。」

と、母はのんきなことでございます。

「お嫁入りしても、小夜子は黒子をいじってるだろうかって、うちで大笑いしたものだよ。」

「いじってたわ。」

「そうだろうと思ったよ。」

「悪い癖ね。いつごろからかしら……？」

「さあ。だいたい黒子は、いつごろ出来るものかしらね。赤ん坊には、あまり見かけないようだね。」

「うちの子供にはまだないわよ。」

「そう？　とにかく年を取ると殖《ふ》えるね。減りはしない。でも、こんなに大きいのは特別だろうね。よほど小さい時から、あったのかもしれません。」

と、母はわたくしの肩を見て笑っておりました。

その時わたくし思いましたのは、わたくしがまだ小さい子供で、ういういしい肌のころには、この黒子も愛らしい一点として、母や姉達はちょいちょい指の先でつついてみたのではございませんでしょうか。そうされるうちに、自分でもさわってみるのが癖になったのではございませんでしょうか。

わたくしは床に入りまして、黒子をいじりながら、幼い時や娘のころを思い出そうといたしました。

この黒子にさわるのも、ほんとうに久しぶりでございます。なん年ぶりでございましょうか。

わたくしの生れた家で、あなたが傍にいらっしゃいませんから、だれに遠慮もなく、思う存分さわれるでしょう。

けれどもだめでございました。

黒子に指がさわるなり、つめたい涙が出てまいりました。

わたくしひとりの昔を思い出すつもりでございましたのに、いざそのために黒子にさわってみますと、思い出されて来るのは、あなたのことばかりでございます。悪い妻とののしられて、離縁されますかもしれぬ女でございますけれど、里の寝床で、黒子をいじりながら、せつなくあなたを思いましょうとは、わたくし自身でさえ考えつかぬことでございました。

濡《ぬ》れた枕《まくら》を裏がえして――そうしてわたくしは、あの黒子を、夢にまで見たのでございます。

どこの部屋でしたか、目が覚めてからは、よくわかりませんけれど、あなたとわたくしのほかに、どなたか女の方もいらしたようでございます。わたくしはお酒をいただいて、ひどく酔っておりましたようでございます。なにかしきりとあなたに訴えておりました。

そのうちに、あのみじめな癖を出して、いつものように左手を胸の前から右の襟首へ廻して――ところが、あの黒子をちょいと指でつまみ取ったではございませんか。取れるのがあたりまえのことのように、黒子は苦もなく取れました。そして指のあいだにつまんだ黒子は、煮た黒豆の皮のようなものでございました。

そのわたくしの黒子を、あなたの鼻の横の黒子の袋のなかへ入れて下さいと言って、わたくしはたいへんだだをこねたのでございました。指につまんだわたくしの黒子を、あなたの黒子に押しつけながら、お袖《そで》をひっぱったり、お胸にすがったりいたしまして、泣き騒いだのでございます。目がさめてみますと、また枕がびしょびしょに濡れておりました。涙は出つづけておりました。

骨までぐったりつかれておりました。でも、なにか荷がおりて軽うございました。ほんとうにあの黒子がなくなったかしらと、わたくしはしばらくにこにこほほえんでおりました。そして黒子のところにさわってみることは、よういたしませんでした。

わたくしの黒子のお話は、これでおしまいでございます。

黒豆の皮のような黒子をつまんだ感じは、今もわたくしの指に残っております。あなたのお鼻の横の小さい黒子のことは、わたくしあまり気にかけておりませんでしたし、一度も口に出して言ったことはございませんのに、やはりよく心にとまっているのでございましょう。

わたくしの大きい黒子をお入れ下さったために、あなたの小さい黒子が急にふくれて来ましたりしたら、なんというおもしろいおとぎばなしでございましょう。

そしてあなたも、もしわたくしの黒子の夢をごらん下さいましたら、どんなにうれしゅうございましょう。

〇

あの黒子の夢のお話に——書き落したことがございます。

床のなかで黒子をいじります癖を、

「みじめに見えるからさ。」

と、あなたにおっしゃられて、そのお言葉を愛情のしるしとありがたがりましたほど、わたくしもほんとうにそう思いました。わたくしのうちのみすぼらしさが、黒子をさわる姿によくあらわれているのでしょうと、なさけなくなりました。けれど、この前もちょっと言いました通り、母や姉達がわたくしを可愛がってくれたために出来た癖かもしれませんということは、わたくしにひとつの救いのような気がいたします。

「昔、黒子をいじっていて、よく叱《しか》られたことがあるでしょう？」

と、わたくしは母に言ってみました。

「そう……。そう昔でもないよ。」

「なぜお母さまは、お叱りになったの？」

「どういう気持がなすったの、お母さまは……？　わたしが黒子をいじってるのを見て……？」

「さあねえ。」

と、母も首をかしげておりましたが、

「みっともないからでしょうね。」

「それはそうだけれど、どうみっともないの？　わたしが可哀想《かわいそう》な子に見えたの？　いやな、片意地な……？」

「さあ、なにもそこまでは考えなかったけれどね、ねむそうな顔して、黒子をいじっていなくっても、よさそうだからね。」

「小憎らしかったかしら……？」

「そう、ちょっと思いつめるようなところがあったね。」

「お母さまやお姉さまは、わたしの小さい時に、いたずらして、よくわたしの黒子をつついたことがないの？」

「あるかもしれないね。」

そういたしますと、わたくしがうっとりと黒子をいじりますのは、幼い日の母や姉の愛情を思うことだったのではございませんでしょうか。

わたくしは愛する人達を思うために、黒子をいじっていたのではございませんでしょうか。

このことをあなたにお伝えしたいものでございます。

あなたはわたくしの癖を、根からまちがってごらんあそばしたのではございませんでしょうか。

あなたのお傍で黒子をいじりながら、わたくしはほかのどんな人のことを思ったことがございましょう。

あなたにあんなにいやがられました、おかしな姿で、わたくしは言葉には出せませぬあなたへの愛を、あらわしていたのではないかしらと、今はしきりに思われてなりません。

黒子にさわる癖などは小さいことで、いまさらいいわけをするまでもございませんが、わたくしの悪妻ぶりの数々も、たとえばこの黒子のように、はじめはあなたへの愛情から出ておりますのに、あなたのお眼鏡ちがいのお叱りから、おしまいにはほんとうの悪妻のすることになってしまったのではございませんでしょうか。

悪妻はわがままなさかうらみを言うものでしょうと、自分で思いながらも、聞いていただきたいことではございます。

夜のさいころ

一

旅興行で、或《あ》る開港場に泊った時、水田の部屋は、踊子達が寝ているのと、襖《ふすま》一重だった。

潮が満ちて来るらしく、防波堤に打ちよせる波の音、また、石だたみの道をゆっくり踏んでゆく足音は、船員が船に帰るのだろう。

それらの音は、春の夜の感じで、のどかだったが、さっきから水田の眠りをさまたげているのは、隣室の音だった。

なにか小さいものを畳に投げる音――それが同じ間をおいて、もう一時間も単調につづいている。

投げられたものは、落ちたところへ止まることもあれば、畳の上を少しころがることもある。

なんだろうと思ったが、無論直《す》ぐ、さいころだと、水田はわかった。

踊子達の遊びか、小さい賭《か》けごとでもしているのか。

しかし、さっきから話声はしないし、寝息がもれて来る。

さいころを振る踊子だけが、ひとりで起きているらしい。明りがついている。

水田の部屋の四五人の男達も、寝入っていた。

さいころの音が、だんだん水田の神経にさわって来た。もうやめるだろうと、辛抱していたが、果《はて》しがない。

さいころ自身の音はしないで、畳の音がするとでもいうのだろうが、陰気でいやな音だった。しまいには、かさかさに荒れた水田の頭のなかへ、さいころを投げこまれるような気がして来た。

耳について眠れないというところなどを通り越すと、じりじり腹が立って、怒鳴り出したくなった。

さいころの振り方は、早くもならず、おそくもならず、いつまでも、おなじ間をおいて繰り返されてゆく。

水田は起き上って、襖をあけた。

「なんだ、みち子か。」

みち子はうつ伏せに寝たままで、振り向いた。にこっと笑いかかったが、眠けで顔がいうことをきかない。

右の掌《てのひら》の上に、さいころをころころさせていた。さいころのことを、ちょっと忘れながらも、そうしているらしかった。

水田は拍子抜けがした。

「なにを占ってるんだい。」

「占って……？　なにも占ってなんかいないわ。」

「じゃあ、なにしてんだい。」

「なんにも……。」

水田はみち子の枕《まくら》の方へ行ってみた。

みち子は両手で顔をおさえると、少し肩をつぼめた。

しかし、すぐに、指先で瞼《まぶた》をこすってから、左頬の髪の毛を、耳へかき上げた。

耳の薄い娘だ。

水田は静かに言った。

「みんなよく寝てるじゃないか。」

「ええ。」

「なんでいつまでも、さいころなんか振ってるんだい。」

「なにってこともないわ。」

「だって……、おかしいじゃないか。」

みち子は枕の横のものをつかむと、だまって、その掌をひらいて見せた。さいころが五つ載っていた。

「へええ。」

と、水田はおどろいて、そこに膝《ひざ》をついた。

同じような動物の骨のさいころだった。みんな手垢《てあか》の色がついて、古びていた。

水田はその一つを、みち子の掌から拾ってみた。

残りの四つのさいころが載った、みち子の手は、指が長くて、変に美しく見えた。

舞台で踊る時、この指がしなやかに反《そ》る。それも水田の頭に浮んで来た。

「五つも持って、どうするの。」

水田はさいころをみち子に返した。

みち子はその一つを投げた、三が出た。

「よせよ、もう、二時だよ。」

「ええ。」

と、うなずきながら、みち子はまた投げた。一が出た。

「さっきから、その音で、僕あ寝られないんだ。」

「あら。すみません。一万にしようと思って……。」

「一万？」

「ええ。なかなか一万にはならないのよ。」

振る度《たび》に出るさいの目の数を加えて行って、一万になるまで、振りつづけようというのであろうか。たとい、一番数の多い六ばかりが出たところで、千度振って、六千ではないか。

水田はあきれた。

「一万になると、いいことがあるの？」

「別にそういうわけじゃないわ。」

「わけもなくて、馬鹿《ばか》げてるじゃないか。」

「ええ。」

しかし、みち子はまたさいころを振った。

「やめろって言うのに……。」

みち子はちらっと水田を見上げると、額を枕につけて、じっとなった。

「馬鹿だね。」

と、水田は言いすてて、隣室の寝床にもどった。

けれども、みち子は明りを消さなかった。のみならず、水田が耳をすませて様子をうかがうと、みち子は敷蒲団《しきぶとん》の上へ、さいころを振りつづけているらしい。音はしないけれども、どうもそうらしかった。

二

あくる朝、一座の年かさの仙子という女優に、水田は、みち子のさいころのことを言ってみた。

「……たしかに少しかわってるね。おかげで、僕は眠れやしないのさ。」

仙子はこともなげに、

「まあ。今まで御存じなかったの？　みち子のさいころは、親ゆずりよ。楽屋でも、よく振ってるじゃありませんか。」

「そうかね。」

「みんなもうなれちゃって、気にとめる者もないのよ。」

「ふうん。五つもさいころを、旅にまで持って来てるんだからね。異常だよ。その親ゆずりって、なんだい。」

仙子の話はこうである。

——みち子の母親が芸者だということは、水田も前から知っていた。今はどうにか家を持って、抱《かか》えも一人二人置いているそうだが、三流どころの土地の、しかもあまりいい芸者ではなかった。

その芸者は、座敷へ出る時、帯の間に、いつも、さいころを二つ三つ入れて行ったそうな。酒間にも、それを振ったそうな。

また、帯をとくとき、さいころがぽとぽと落ちたそうな。わざと落すのだろう。ちょっと好奇心をそそっておいて、自分もあらと拾って、振って見せる。ついなぐさみにつられぬものはない。ほんのなにげない程度だが、永い年月つもると大きい。

その芸者は、さいころの名人だったそうな。さいの目を、思いのままに出せたそうな。そうなるには、大した年功をつんで、ひまさえあれば振っていたそうな。

水田はそれを聞いて、人の弱点をつかんだ、機微をねらった、ずるいやり口だと思った。人の履物の裏をさがすような、小汚い慾《よく》の出し方だ、自分から屑芸者《くずげいしゃ》と身を落さねば出来まい。

しかし、慾ばかりだったろうか。

たかがさいころを振るだけのことにしろ、名人芸というからには、慾以上に、なにかのよろこび、なにかのかなしみが、なかったであろうかと、水田は思い直してもみた。

それでなければ、彼女の子供のみち子までが、さいころにとりつかれることはあるまい。

「みち子は、どんな気持で、さいころを振ってるのかしら……？」

と、水田は仙子に聞いてみた。

「そんなこと、あたしにわからないわ。見様見真似《みまね》でしょうよ。」

「みち子も上手なの？」

「上手ね。」

「それで賭けるのかい。」

「ううん。みち子のさいころなんて、もうはたの者はあきちゃってるから、誰も相手になりゃしないの。ああやって、みち子ひとりで振ってるだけですよ。」

「ひとりでね……？」

と、水田はひとりごとのように言った。

おそらくみち子は、そういう母親のことは、あまり知られたくないはずなのに、母を思わせるさいころを、人目はばからないで振るのは、どういうつもりなのだろう。

しかし仙子は、みち子のさいころには、さほど興味がなさそうだった。

水田は手洗へ立って行った。

先きに出て行く娘《こ》があって、彼女のスリッパをはきかえる時に、ひょいとそこにしゃがむと、水田が廊下に脱ぎすてておいたスリッパを、向きを変えて揃《そろ》えて行った。

その後姿はみち子だった。

妙なことに気のつく娘だと、水田は思った。

掘割のように入りこんだ海の石崖《いしがけ》に、踊子が四五人腰かけていた。

「ああ、暖かい。アイスクリイムがのみたいわね。」

と言うのが、二階の水田に聞えた。

桜の花季《はなどき》にはまだ早いが、まあ花曇りの空と海とがおぼろで、白い海鳥は薄い煙のなかに浮んでいるように見えた。

水田も踊子達のいるところへ下りて行った。

彼はだまって、みち子の前へ片手を突き出した。

それでわかったか、みち子はポケットからさいころを出して、彼に渡した。

水田は五個のさいころを、いち時《どき》に、石崖の石の上へ振ってみた。

そのうちの二つは、海のなかへころがり落ちた。

残りの三つをつかむと、それも無造作に海へ投げこんでしまった。

「あらあ！」

と、みち子は石崖の端へ出て、海をのぞきこんだけれども、それっきり、なんとも言わなかった。

もっと惜しがるか、怒るかと思っていたのに、案外だった。

踊子達が小屋へ行ってから、水田は宿の二階に残って、そのさいころの沈んだ、掘割のような海を眺《なが》めていると、旅愁を感じて、東京へ帰ったら、みち子の母のさいころ芸者に会ってみようかなどと考えた。

港にとまった汽船も、灯をつけていた。

三

旅は合せて一月ほどつづいた。

或る町の城山へ、水田は踊子達をつれて行ったことがあるが、彼女等は花見だんごや木の芽田楽《でんがく》を貪《むさぼ》り食った。

彼女等は群をなすと、よけい無作法で、水田は少し閉口した。花見客のうちには、踊子達の舞台を見に来る人がないとも限らないのだから、みっともなかった。

桜は大方散って、枝に残っているのも、花びらはなくて、蕚《がく》についた裸の蕊《しべ》が、しおれかかっていた。

でも、かなりの人出で、踊子達はじろじろ見られているのに、一向おかまいなしだった。

木の芽田楽の後で、ぺろぺろ脣《くちびる》をなめて、紅をつけたりした。

みち子も棒紅をつかったが、その紅を塗る前に、少しつぼめて突き出した、生地の脣は、可愛《かわい》かった。

水田は意外な見つけものをしたように、みち子の傍へ立って行った。

小さくて目立たない鼻も、近くで見ると、実にいい形だった。愛情をこめて作った、ていねいな細工物のようだった。

人前での化粧にはなれているから、みち子ははにかみもしなかった。

しかし、木々の若芽のなかで、楽屋でするのと同じ姿勢の化粧は、水田には珍らしかった。

そういう脣に、そういう鼻、掌のなかの小さい鏡をのぞきこんで少し伏目の円顔は、甘い眠りを誘うようだった。

舞台ではあまり映《は》えないが、思ったよりいい娘《こ》だと、水田は気がついた。

唐突《だしぬけ》に、彼は言った。

「みち子がどういう子だか、僕にはどうにもわからないんだよ。」

「あら、どうして……。」

みち子は顔を上げた。

「君は、黙り屋さんだね。相手がものを言わないと、自分からは決してものを言わんじゃないか。」

「あら。そうかしら。そんなことないわ。」

「僕なんかには、問われたことを、返事するだけだね。珍らしいひとだよ。」

みち子はちょっと自分を考えてみる風だったが、なんとも言わなかった。

みち子の口紅は舞台に使うもので、普通のよりよけい濡《ぬ》れている。

それで水田は思い出した。

舞台用の化粧品は、浅草にも売る店があって、踊子達も旅の支度に入れて来たわけだった。ところが、みち子は不用意で、旅に出て間もなくから、ひとのものをつかっているらしい。その不服を言う踊子があったようだ。

「菜種畑があるね。」

と、水田は城山の下の河向うを見た。

「ええ。あたし、菜の花は大好き……。」

「そうかい。みち子は東京育ちで、菜の花畑のなつかしさなんか、知らんだろう。」

「なつかしいわ。でも、あの花、花立てへ生けるのは、たくさんはだめね。ちょっぴりがいいわ。」

「そうかね。……あすこまで行ってみようか。」

みち子はうなずいた。

町を通って、みち子に化粧品を買わせようと、水田は思ったのである。舞台用でなくとも、ひとのをつかうよりはよい。

「ちょっとみち子と行って来るよ。」

と、水田は踊子達の方へ言って、

「おそくならないで、いい加減にかえれ。」

「あらあ、どこへ行くの。つれてってて。」

と、立ち上る踊子もあったが、また腰をおろして、こちらを見た。

踊子達よりも、当のみち子の方が、けげんな顔をした。

立ちどまったまま赤くなった。

水田はかまわずに坂を下りた。

みち子が追いついて、

「いいの？」

「うん。」

　みち子は少し窮屈そうで、うつ向き勝ちに歩いていた。

「おい、やっぱり、僕がなにか言わないと、いつまでも黙ってるじゃないか。」

「ううん、そうじゃない。」

と、みち子はかぶりを振ったかと思うと、にこにこ笑って、なにか急にいそいそとして来た。

　町通に小間物屋を見つけて、水田は言った。

「ここで、舞台化粧の、買っとけよ。」

　みち子はびっくりして、水田を見た。とっさに反抗の眼色だった。

　水田ははっきり言った。

「ひとのつかうと、きらわれるよ。」

　みち子はうなずいたが、ぎこちない風で買いものをしているので、水田はそれをやわらげるように、

「おい、みち子、さいころがあるよ。」

「あら、ほんとう。」

みち子は明るい声で言った。

「さいころ頂戴《ちょうだい》。これとおなじの五つ頂戴。」

「五つ？　さあ、そこに出てるだけしかありませんよ。二つだね。」

と、店の人がさいころの方へ来た。

「二つ頂戴。」

そこから河岸へ出た。

堤は遊歩場のように鋪装《ほそう》されて、松並木があった。河原の若草の上には、行楽の人々が点々と散らばっていた。

「この岸の道が、コンクリイトになってから、風儀が悪くなったんだってさ。宿の女中さんが言ってたね。」

と笑いながら、水田も河原へおりた。

草地や小石原が広い河幅の大部分で、水は少なかった。

水田は水のところまで行ってみた。大きい岩に腰をおろした。

みち子は早速《さっそく》、岩の上に、さいころを振った。

春の西日に瀬が光っていた。

水田はみち子の手つきを、しばらく見ていてから、

「なにか占ってくれよ。」

「なにを占うの？」

「なんでもいいさ。」

「そんなの……。なにかおっしゃれば、いいように占って上げてよ。」

「そうだね。一が出たら、みち子と恋愛しようか。」

「いや、いや、いやよ。」

と、みち子は首を振って笑うと、

「だめ……。出そうと思えば、一が出せるんですもの。」

「いいから、出してくれよ。」

「いやよ。」

みち子ははっきり言ったが、くるっと向き直ってしゃがむと、岩に顔をつけそうにして、岩をふうふう吹いた。砂やほこりを払うのであろう。

そして、生真面目《きまじめ》に岩の肌を撫《な》でまわした。

「畳の上でなくちゃ、きっとだめよ。調子がちがうから……。」

調子がちがうからという言葉に、水田は笑い出した。

しかし、掌の上にころがす、さいころを見つめるみち子の一心な目つきで、水田も胸がかたくなった。

みち子は呼吸を計って、ぽいと投げた。

「ね！」

と、きらきら光る目で、水田を見上げた。

岩の上のさいころは、二個とも、みごとに一が出ていた。

「ふうん。うまいねえ。」

みち子の全身には、なにか神聖なよろこびがあふれていた。

「うまいねえ。もう一度やってごらん。」

「もう一度……？」

みち子はがっかりしたように声を落すと、また指先で、岩の肌をなすりながら、

「もう一度、出るかしら……？　いやだなあ。」

みち子の薄い耳に、西日が透き通るようだった。

四

その次の興行地の宿屋で、さいころを振っているみち子を見ると、さいころはまた五つにふえていた。

「五ついちどきに振って、みんな一を出せるかい。」

と、水田は聞いた。

「いやよ。水田さんは幾度も振らせるから……。」

みち子は座蒲団《ざぶとん》を一枚、臍《へそ》のあたりにしいて、腹這《はらば》いになっていた。

「五つでも出来るかい。」

「出せないわ。」

みち子は、気のなさそうに五個のさいころを握ると、投げ出した。

みち子の意志も感情もこもっていないさいころは、てんでに勝手なさいの目を散らばらせた。そのさいの目を見るのも物憂《ものう》そうに、腕をまるめた上へ、顔を伏せると、

「眠い。」

靴下をはいていなかった。

旅づかれのようなスカアトの裾《すそ》から、裸のふくらはぎが出ていた。固そうだった。

トウダンスのために形の変った足指だった。

遠くから法華《ほっけ》の太鼓が聞えて来た。

水田は投げ出されたままの、さいころを拾って、振ってみた。

みち子は頭をもたげて、ぼんやり見ていたが、その一つをつまむと、ぽいと投げた。

一が出た。

もう一つ振ると、やはり一が出た。

そして、残りの三つも、一つずつ順々に振って、一を出した。

みんな一の目のさいころを、両手の指でひとところに集めて、一列に並べた。

所在なげに、子供が積木をしているようだった。

廊下から町の屋根を見ていた、とき子という踊子が、

「ああ、あ、いいお天気ねえ。洗濯しようっと。」

と、立ち上って、

「水田さん、洗濯したげよう。出してよ。」

「ううん？」

「いやだけど、洗ったげるわ。出しなさいってば。」

「いいよ。ない。」

「なくて、しあわせ。お困りでしょうと、気をまわしてるのに……。」

とき子は部屋の隅《すみ》のトランクをあけながら、

「水田さん。あっちへ行ってて。」

「うん。」

とき子を見て、みち子も洗濯しようと思ったのか、起き直って、水田の方へ手を出した。

「ないんだ。」

と、水田は首を振った。

独身者の水田は、下ばきなど、新聞紙にくるんで、旅のあちこちへ捨てて来た。

踊子が洗ってやろうと言うのは、奇妙なことに思えた。

洗濯することが伝染して、洗面所か湯殿の方から、踊子四五人の低い合唱が聞えて来た。

水田は日向《ひなた》の廊下に寝ころんで、眼をつぶっていると、その歌声でふっと、浅草にいるような気がした。

そしてそれは、旅ももう長いという感じでもあった。

その夜、幕のあく時間が過ぎても、女優の仙子は楽屋入りをしなかった。若い男優の一人も見えない。

水田達は顔を見合せた。宿屋へ人を走らせた。やっぱり仙子の荷物はなくなっていた。

みんなに聞いても、仙子とその若い男優とは、あやしそうではなかったと言う。仙子は浅草に亭主がいる。たちのよくない顔の売れている男だ。仙子も持てあまし気味だが、別れるのはむずかしい。多分今度の男優は、ただの道づれにしたのだろう。亭主がよその小屋へ仙子を売り込んで、呼びもどしたのかもしれぬ。或《ある》いは仙子が亭主と離れたくて、旅のついでに、関西へでも落ちて行ったのかもしれぬ。

しかし、いずれにしろ、仙子にとっては、この一座も、今がいい見切り時であったろうか。仙子に逃げられてみると、一座の重立った者には、それがわかる。かくしておきたいものを、つきつけられて、お互いになにも言いたくない。

それよりも、今夜の舞台に大穴があくので、仙子の代役をつくる騒ぎに、空元気を出した。

座主の友松は、土地の興行者のところへ、詫《わ》びに行った。直《す》ぐに諒解《りょうかい》はついたが、有志で歓迎会をしたいから、踊子をつれて来てくれとのことだった。踊子にお座敷をつとめさせて、遊ぼうというのである。

踊子達が友松につれられて、楽屋から真直ぐに料理屋へ行った後で、帰りおくれた水田は、楽屋をのぞいてみた。

踊子達が脱ぎ散らかしたものなどを、道具方が片づけていたが、それも投げやりで、

「しようがねえ、だんだんだらしがなくならあ。利口な奴《やつ》は、ずらかりたくなりまさ

あね。」

と、水田にぼやいた。

「靴のなかに、蛆《うじ》が湧《わ》かあ。へへ。いい陽気だね。」

そして、舞踊靴を拾うと、ぽいぽい片隅へ投げた。

みち子は着換えて行ったらしく、壁にぶらさがった踊衣裳《おどりいしょう》のなかに、彼女のスウツが見えた。

水田はそのポケットに手を入れてみた。さいころはあった。

「おふくろとちがって、お座敷へ、さいころを忘れて行ったな。」

こんな悪じゃれを、胸のなかでつぶやきながら、水田はその五つのさいころを投げた。

きたない畳だ。

今更らしく楽屋を見廻すと、あばらやに、花やかな色彩の衣裳は、なにかの抜殻のようで、異様だった。

水田はつづけて振った。

「さいころか。」

と、男優の花岡が入って来てつぶやいた。

しばらく突っ立って見ていたが、

「陰気なことは、およしなさいよ。」

「陰気かね。」

「まあね。それとも賭《か》けますか。」

「賭けてもいいよ。なにを……？」

「さあね。みち子はどうです。」

水田はくっと顔を上げて、気色ばんだ。

「賭けたっていいよ。しかし、みち子に振らせろ。」

「へええ、じょうだんで……。それより、一杯飲まして下さいよ。こちとらあ、不幸にして男でね、お招きがありませんよ。春の宵とゆきましょう。」

水田はさいころを自分のポケットに入れて立ち上った。

五

小料理屋で、花岡はしきりと水田にからんで来たあげく、

「おい、水田さん、あんた、みち子をどう思ってなさるんで……？」

「どうって。」

「どうにもこうにも、あの子を変だと思わんですか。」

「少しはね……。」

「わしが思うにはだね、どうもあの子は、子供ん時に、いたずらされとりゃしませんか。」

「え？」

水田はぎくりとした。花岡の顔を見た。

花岡は吐き出すように、

「わしゃあ、あの子がちょっと好きでね、ひそかに観察をしとるんでさ。」

「なにが観察だ。馬鹿《ばか》なことをしゃべるな。」

「しゃべりゃあせん。わしゃあ、今夜まで、誰にもしゃべりゃあせん。ほかならぬ水田さんで、旅の空で、初めて疑いを述べるわけですがな。じゃあ、水田さんは、みち子の謎《なぞ》を、なんと解く？」

「謎なんかないよ。」

「ない？」

と、とろんと花岡は水田の顔色をうかがった。

水田は頭に来そうな酒を飲みつづけた。

花岡はしなだれかかって、水田の肩をゆすぶりながら、

「じゃあ、ないとしときましょう。然《しか》しだね、わしゃあ水田さんに一生のお願いがあるが、あの子を、一度ぱあっとさせてみてほしいんだ。」

「うん。」

「ぱあっとね……。いい役でも振って、ぱあっとさせてみたら、わしゃあ、その時、あの子の謎が解けるじゃろうと思うんだ。」

　それは水田の胸にひびいて、黙っていた。

「どうですかね、おい、水田さん？」

「それはそうかもしれんね。」

　と、水田はうなずいた。

「そうなりゃ、わしは本望じゃ。」

なるほど、花岡はみち子を愛していると、水田は思った。

また、なかなか見ているところがあると思った。

してみると、花岡の「観察」なるものも、一概にはしりぞけられない。

みち子は、今十七で、十五の時、一座に入って来たのだが、その前は、母のところで、なにをしていたのだろう。なにがあったのだろう。

水田は花岡を無理に引っぱり出した。

花岡は道の真中にへたばってしまって、

「ええ月だ。」

この町は細長くて、両側に山が迫っていた。

その近々と黒い山は、不吉なもののように、のしかかって来て、水田の頭に、みちみち子の耳や、唇《くちびる》や、鼻や、手や、脛《はぎ》が、くるくる浮ぶと、吐気がして、水田もそこにしゃがみこんだ。

町の奥の方から、踊子達の合唱が流れて来た。

「おうい。」

と、花岡が声を張りあげて呼んだ。

水田も呼んだ。

「おうい。」

山は少しも木魂《こだま》しなかった。

歌声が近づいた。

踊子達は腕を組んでいた。

水田と花岡を見つけると、

「酔ってんのよ。つかまって行ってあげる。」

と、はしゃいだが、

「水田さん。みち子に会わなかった？」

「みち子？」

「ええ。途中で、いなくなっちゃったのよ。お座敷で、ちょっと立って行ったと思うと、戻らないのよ。」

「いなくなった……？」

と、花岡が腕を振り上げて、ふらふら立った。

まさかまちがいのあろう筈《はず》もあるまいが、水田も少し不安だった。

しかし、宿へ戻ってみると、みち子はひとり、ちゃんと寝床に入っていた。

「なあんだ。帰ってんのか。」

「あらあ、ずるいわ。」

踊子達の三四人はそう言って、みち子の枕《まくら》もとに、足を投げ出した。

みち子は、くすっと笑って、

「お帰んなさい。」

ああいうお座敷を、さっさと抜け出す賢さ、夜の町を、ひとりで帰る強さ、それは却《かえ》って、花岡の言った疑いを、水田に深めさせるものだった。

水田は酒臭いいきを吐いて、そこに腰を落した。頭を抱えた。

「あら。」

みち子は見上げて、眉《まゆ》を寄せた。

「頭が痛いのね。青いですよ。」

「うん。」

と、水田はポケットのさいころを投げ出した。

踊子達は、まだはしゃいでいて、

「みち子、振って……。」

と言う者があった。

みち子はうつ向きに寝たまま、五つのさいころを、右の掌《てのひら》の上へ、一列に並べた。

そして、さいの目をしらべていた。

水田がのぞくと、真中の一つが一、その両側が二、両端が四、つまり、⚃⚁⚀⚁⚃と並べてあった。

神聖なものをいただくように、そして、さいころの列の崩《くず》れぬ程度に、掌を水平に動かした。

みち子の一心不乱の様子につられて、踊子達もなんとなく固唾《かたず》を呑《の》んだ。
みち子は掌の動きをだんだん早めたとみるうちに、ぱっと振った。
「ああ！　出た！　出た！」
と叫んだのは、みち子だった。
みち子は、寝床の上に、飛び起きていた。
見物は、あっけにとられた。
けれども、五つのさいころは、みんな一が出ていた。
しかも、傘を開いたように、五つのさいころが、整然とひろがっていた。
それに気がついて、踊子達も手を叩《たた》いた。水田は頭がすっとした。
飛び起きたまま、寝床にちょこんと坐《すわ》っているみち子は、膝《ひざ》小僧が出ていた。
宿の浴衣《ゆかた》のなかの短い下着は、白かった。
その膝小僧を見て、花岡の「観察」など、真赤な嘘《うそ》だと、水田ははっきりした。
「お休み。」
と、水田はみち子の頭を軽く叩いて、立ち上った。
「ええ。」
みち子はうなずいて、水田の足もとを見送りながら、

「頭が痛かったら、呼んでいいわ。起きてます。」

水田は男達の部屋へ帰った。

向うの方に、みち子の振る、さいころの音が聞えていた。

あの開港場の宿で、耳にさわったのとは、まるでちがっていた。

よく考えると、あの五つのさいころが、みな一を出すには、真中の一の目の一個は、五度ころがり、その両側の二の目の二個は七度ころがり、両端の四の目の二個は、八度ころがったわけだろうか。あの岩の上での水田の言葉を覚えていて、あれからみち子は、どんなに苦心したことだろうか。

一ばかり出たさいころが、美しい花火のように浮んでいた。

「ぱあっと……ぱあっと……。」

水田は花岡の言葉を思い出した。

――浅草という土地の魅力に、なんとなくとらえられて、学校出の青年が、浅草のレヴュウ小屋に巣をもとめ、脚本や、演出や、装置に半ば道楽仕事をしていた頃のことである。水田もそういう一人だった。

しかし、素人《しろうと》風な新鮮さも、もうその時が過ぎて、仙子ではないが、今は見限り時《みきど》期《き》かもしれない。

みち子と二人で行って、どこに、ぱあっとしたことがあろうかと、水田はいつまでも眠れなかった。

みち子のさいころの音も、まだ聞える。

燕《つばめ》の童女

逢坂山《おうさかやま》のトンネルを出た近江路《おうみじ》では、最早、展望車の客は大方眠っていた。眠らぬまでも、眼を閉じていた。

七八人の男達はみな相当の年輩で、仕事のために、関東と関西とを通いなれている人ばかりのようであった。

青い麦のなかに、ところどころ菜の花の盛り、その向うの春の湖などを眺《なが》めたりしているのは、牧田夫婦だけだった。

また、女の客は、章子《あきこ》のほかには、西洋人の女の子が一人乗っているだけだった。

湖尻《こじり》から鉄橋の下を通って、瀬田川へ入って行く小蒸気を見ながら、

「遊覧船かしら……？」

と、牧田が言い、章子がうなずいてから、安土《あづち》のあたりまでも、二人は黙っていた。

両側の窓ぞいに、客間風な椅子《いす》が並んでいて、牧田夫婦のほかは、みな一人旅で言葉も交《かわ》しもしないし、新婚者らしいと一目でわかる二人を見まいとして、男達が眼をふさいでいると思えば思えるし、なにを言っても聞かれそうな工合だから、牧田は話がしにくかった。

彦根の城が見えた。

展望の窓が大きいので、章子の羽織の、帯でふくらんでいる下までも、ひる過ぎの日が差しこんでいた。章子の首が日光にさらされているのを見ると、牧田はなぜか胸がどきっとした。あらわにすべきでない肌が、あらわに出ているのを見たようで、とっさにどきっとした。それというのも、日にさらされた首を見た瞬間に、章子の肉体すべてが、非常な強さで、牧田に感じられたからであった。

こんなにわずかの肌から、女のすべてがまざまざと感じられるということは、牧田にはまだ珍らしかった。驚きに近いよろこびで、胸がしめつけられるようであった。

しかし、あんなになめらかだと思っていた肌に、日があたると、毛穴のひとつひとつに、人間の皮膚らしい、しらけたきたなさはあり、それを見ると、この女も牧田とは全く別の生きものだということが、初めて感じられて、なにか不思議であった。

この女は、新婚旅行の帰りの汽車で、いったいなにを考えているのだろうか。牧田にはわからなかった。そのわからないのも、今は楽しいことであった。

婚礼の化粧をする時には、無論章子は襟首《えりくび》の産毛《うぶげ》も剃《そ》ったであろうが、旅行の間は、剃刀《かみそり》をあてなかったようである。

それが白っぽい埃《ほこり》のように生えている。

その産毛は、牧田のするがままにおとなしくしたがっていた章子のからだに、かくれているものを感じさせた。

章子の髪の毛もまた、少し赤茶けて見えた。日があたっているからだが、女の髪の毛は、日に照らされると、赤く見えるものだというようなことを、いったい自分はいつどうして覚えたのだろうかと、牧田は考えてみた。それらしい女の姿は、一向に思い出せなかった。

ちょっと眼をつぶると、しびれるような甘い疲れが体のしんにあって、無数の海月《くらげ》が頭に浮んで来た。

それは横浜出帆の時に見たものであった。

牧田と章子とは、外国航路の船で神戸まで行って、大阪、奈良、京都を廻って帰るという、一週間ばかりの新婚旅行であった。

船室まで送って来た友人の一人が、牧田の耳に口を近づけるので、なにごとかと思うと、

「君、向うの端とこっちの端とに、離れてるんだね。」

と、ささやいた。

寝台のことであった。全く見知らぬ二人が、同室で航海することが多いので、両端

に離れて、それぞれカアテンがあるのだろう。

そのささやきを聞きつけたか、牧田の勤め先の上役が、大きな声で言った。

「そりゃあ、離れてる方がいいにきまってるじゃないか。新婚旅行でもない限りは……。」

牧田はびっくりして、上役の顔を見た。この言葉は耳にこびりついた。

その時、章子は母親の前にうつ向いて、母親の帯の下の襟先を、二本の指で軽くつまんでいた。多分無意識のことであろう。なにかものを言えば、泣き出しそうだった。

見送人が岸壁へおりてからも、出帆に長い時間がかかるので、牧田は閉口した。章子が泣き出してくれなければいいとばかり思っていた。章子も泣き出すのをこらえてばかりいるようだった。

港の娼婦《しょうふ》が欄干に乗り出して、口をいっぱいに開きながら叫んでいるのは、馬鹿《ばか》らしかった。

新婚旅行なので、牧田はハンカチを振るのも気恥かしかった。

船が動き出すと、岸壁の人々は走った。船客も見送りの人を見失うまいとするので、両方から押されて、牧田に章子の体のぬくみが伝わった。牧田はふと悲しくなった。

それは牧田自身の悲しみというよりも、親に別れて、ほとんど見知らぬ男と船出してゆく章子の悲しみが、伝わって来るかのようであった。

牧田はポケットのハンカチを出して、章子に渡した。

章子は牧田がおどろくほどに、そのハンカチを振った。

そして自分のしていることに、章子は気がつくと、眼を落して、

「あら、海月……。」

と言った。

牧田も下を見ると、波立つ船尾は濁って、そこに無数の海月が漂っていた。大きい海月だった。その海月の群は、荒い波間に、透明な体を、ぺろぺろ伸び縮みさせていた。

太い船腹の下で、濁り立つ海水にもまれながら、浮き沈みしている海月の大群は、美しいとか醜いとかいうほど確かなものではなく、不気味な憑《つ》きものが船を追って来るようであった。

牧田は眼をつぶると、この海月の群がよく頭に浮んで来て困るのだった。

汽車は湖を見失うと、小山の間へ入って、関ヶ原が近いのだった。

「その子は、あいの子らしいね。」

と、牧田は前の女の子を見ながら、小声で言った。章子は意外らしく、

「あら。そうでしょうか。」

「赤茶けた髪の毛の黒いのが、日本人臭くない?」

「そう?」

「日本で生れたんで、そう見えるのかもしれないが、どこかあいの子らしいね。」

「日本人みたいだと思って、私もさっきから見てたんですの。持ちものがそうでしょう。」

その子は日本の人形を抱えて、風呂敷《ふろしき》包みを持っていた。

「あいの子かもしれませんわ。しぐさがやさしいんですもの。」

「顔は全く西洋人だけれどね。」

「幾つくらいでしょう?」

「まあ、七つかな。あれ、木綿かしら? もう夏服だね。」

「ええ。麻かもしれませんわ。」

まだ四月の二十日過ぎだというのに、その子は夏のような服を着ていた。紺地に細かい花模様で、裾《すそ》も袖《そで》も短かかった。その下に桃色の絹の下着が見え、おなじ色の絹の下穿《したば》きを、きちっとつけていた。白いレエスの襟飾りがあった。

髪を左右に振り分けて、その尖《さき》を白いリボンで結んでいるようだったが、よく見ると、リボンではなくて、瀬戸物だった。前髪にも、その白い瀬戸物の飾りをつけていた。

「ひとり旅なんでしょうか。」

と、章子は言った。

「僕も、ひとり旅かしらと思って、見ているんだ。お隣りの人が、お父さんだろうと思ったんだが、どうもそうじゃないらしいね。」

「お父さんじゃありませんわ。」

小さい子供には、ゆっくりとした椅子なので、その子はうしろの籐《とう》に深く背をつけて、両足を椅子に上げていた。そして、立てた膝頭《ひざがしら》の上に、日本の絵本を開いていた。その膝を寄せかけた方へ、肘《ひじ》もかけて、隣りの椅子の人にもたれかかってゆくような恰好《かっこう》なので、牧田ははじめ父親かと思ったのだった。

しかし、隣りの男は無関心に眠っているし、女の子はひとりで遊んでいる。

「ひとりでよく……。」

と、章子はその子に愛情を感じて来たらしい。

ボオイが入って来て、

「お部屋があいておりますから、どうぞ。」

と、牧田に言った。

牧田はうなずいただけで立ち上らなかった。

一等車は三つに区切られている。展望車の前が、廻転椅子のある席で、その前は小部屋にわかれている。小部屋は長い座席が二つ向い合っていて、入口の扉のガラス窓には、カアテンもある。ボオイが気をきかせてくれたのかもしれないが、牧田は昼寝の箱のような部屋へは入りにくくて、誘われただけでも気恥かしく、

「船と汽車と、どっちがいい？」

「船の方がいいわ。」

と、章子は答えてから、

「うちの父はね、自分が船に乗って、新婚旅行をしたかったらしいんですのよ。」

その声が、少しふるえているようだった。

牧田は章子を見て、

「お父さんが……？」

「ええ。船になさい、船になさいって言ったでしょう？」

「ああ、それでお父さんも船だったの？」

と、牧田はうっかり言った。

「あら、だって、二度も出来ないじゃありませんの。」

「親って、自分がしたくて出来なかったことを、子供にさせたがるものらしいわ。」

牧田は笑った。

牧田はうなずいて見せながら、しかし、はっと自分に驚くものがあった。横浜を出帆してから、彼は章子の両親のことを、ほとんど忘れてしまっていたのである。

ところが、章子の今の口振りでは、彼女は里の両親のことを思いつづけていたらしい。それに今、牧田も気がついてみると、章子としては当然のことながら、自分と彼女との明らかなちがいが、はじめて発見されたようなわけだった。

章子の親のことを、一向まともに考えないで、新婚の旅をつづけていたのは、なにか意外な罪悪であったかと、牧田は自分を振りかえってみた。

「船にしてよかったね。」

「ええ。」

「うちへは、よく手紙を出しといたの？」

「手紙って、御覧になったじゃありませんの？」

「あれだけ……？」

「あら？」

と、章子は聞きとがめた。牧田にかくれて、手紙を書いたと思ってるのかと、不服げな口調だった。

寄せ書きの絵葉書は無論のこと、宿で書く手紙までも、章子は牧田に見せたものだった。

「あれだけですわ。」

「帰ったら、いろいろ話すんだね。」

「でも、なんだか……。」

と、章子はあまえるように言った。

「うちの父は、私がお嫁入りするときまると、急に空想家になって、私のことを、いろいろ空想してくれるんですの。」

「そう？　どんなこと……。」

「いろいろ……。お父さまがお嫁入りなさるようだって、母に笑われてましたわ。」

「それで、なんて言ったの？」

「私？　お父さまがそんなにおっしゃったって、私は、相手の方をよく知らないから、どんな風に考えていいかわかりませんと言ったのよ。相手の方次第で、どうなるかわからないんですもの。――ほんとうは私、お父さまは黙っていてほしかったの。そんなに言われると、父が可哀想《かわいそう》になって来るんですの。」

「しかし、お父さまの空想通りにしてあげたい気もするね。」

「いやですわ。そんなの……。出来もしませんし、必要もありませんわ。」

と、章子は意外に強く言った。

それが現実にはちがいないけれども、章子の父が娘のために、どんな結婚生活を思い描いただろうかと、牧田は知ってみたかった。

「父がそんなこと言うのは、父の結婚が幸福だったからでしょうかしら……。不幸だったからでしょうかしら……。」

「さあ……?」

牧田はとっさに答えられなくて、

「自分がどうだったというんじゃなくて、ただ子供のことが心配で、楽しみなんだろう。」

と、あいまいに言った。

車輪の響きに、すべて消されるほどの小声だったが、こういうささやきでは、章子の声はよく通るのに、牧田の声は濁って聞き取りにくかった。

純潔な娘らしいささやき声がなければ、牧田は章子が怯《おび》えているとしか思えない時もあった。そのささやきもふるえていたようだったけれど、その声に牧田は女を感じることが出来たのだった。章子はまだなにも知らないのに、ささやきの声音は身についているのだった。

前の女の子は、絵本を投げ出して、風呂敷包みをほどいてみたり、結んでみたりしていた。その手つきがたどたどしい。くすんだ色の平凡な風呂敷が、変に可愛《かわい》いものに見えた。

風呂敷のなかには、千代紙ばりの小箱が入っていた。

それから色紙を出すと、兜《かぶと》を折った。

二つ持っている人形の、小さい方の頭に、その兜をかぶせた。下に落ちた。

「あっ。」

と言って、拾ったのを、またかぶせようとしたが、うまくゆかなかった。

燕《つばめ》は名古屋に着いた。京都から二時間で、途中どこにもとまらない。眠っていると牧田が思っていた乗客は、みな眼をあき、立って行く人もあった。二三人乗りこんで来たが、やはり男ばかりだった。

女の子は廻転椅子《いす》の部屋へ小走りに行くと、西洋人の肩につかまって、なにか言っていた。

「やっぱり、お母さんがいるんだよ。」

「ええ、でも、相手になってやらないんですのね。」

母親は、子供の言うことに、ちょっとうなずくだけで、廻転椅子を子供の方に向けもしないで、本を読んでいた。

子供は直《す》ぐ展望車に戻って来た。

今度は鶴《つる》を折った。

その日本風な遊びを、章子は微笑《ほほえ》んで眺めていた。

三河路《みかわじ》は瓦《かわら》の屋根が美しかった。

女の子はまた風呂敷をほどいて、折紙を箱に入れた。

「やっぱり、あいの子ですわ。風呂敷の端に、寺川って書いてあります。」

そして、なにか感じをこめて、

「でも、結婚て、たいへんねえ。」

と、ひとりごとのように言った。なにを思い出しての言葉かと、牧田が迷っているうちに、

「あの西洋の女の人だって、結婚のために、遠い日本へ来て、一生暮すんでしょう。」

「それはそうだね。そう考えると……。」

「外国人の子供を産んで……。」

そのようなことが、今は章子に、しみじみとした感慨になるのであろう。

しかし、言われてみると、牧田にしても、遥《はる》かな思いを誘われる。

廻転椅子の部屋に見える西洋婦人のうしろ姿は、肩は大きいが、中年のわびしさが見えた。全く、ただ結婚ということのために、異国の土となって、混血児を遺《のこ》してゆくのは、異様なことのようだ。

そう思うと、牧田の前の女の子が、なにかあわれに神聖なものに見えて来る。

「西洋人の子供って、どうしてこんなに可愛いんでしょう。顔なんかちっともきれいじゃないのに……。」

その子は窪《くぼ》んだ眼が青く、額や頬骨の形は悪いし、脣《くちびる》は小憎らしく突き出ていた。しかし、体つきが天使のようにやわらかい感じだった。附け根まで見える脚は、美しく光っていた。

日本の子供とちがうのは、孤独な自由の備わった可愛さで、彫刻的な独立が感じられるところだった。

渥美湾《あつみわん》の海辺を過ぎると、やがて遠州路《えんしゆうじ》で、浜名湖を渡った。
そのあたりの農家は、戸毎《ごと》にみごとな槙垣《まきがき》をめぐらしていて、それが皆芽立ってい
る。黄色い新芽は、蜻蛉《とんぼ》のようなものが、いっぱいとまっている形だった。
汽車は静岡までとまらない。その先きは、沼津と横浜にとまるだけである。
女の子は風呂敷から紙風船を出した。大中小と三つ重なっている。その一番大きい
のをひろげて、自分の頭にかぶってみた。これも直ぐ膝に落ちた。こちらを見るので、
牧田は笑ったが、女の子は知らん顔で、また風船を頭にかぶると、それを両手でおさ
えながら、あたりをきょろきょろ見廻した。
「よくひとりで遊びますわ。お母さまはちっともかまってくれませんのね。」
と、章子は言った。
「西洋人の子供は、みんなああだよ。生れた時から、ひとりでおくんだね。子供でも、
孤独が平気らしい。そうでないと、思想というものは生れないんじゃないかしら。」
「でも、私達はなんだか可哀想で、見ていられませんわ。」
そして、女の子が風船に口をあてて、うまくふくらませぬ時には、章子はとうとう
立って行って、自分で風船に息を吹き入れてやった。
女の子は素直に風船を渡したけれど、受け取る時も、よけいなおせっかいだという

風で、ほとんど章子に無頓着《むとんじやく》だった。はにかみもしなければ、愛想笑いもしなかった。いかにも相手ほしげに、いたずらっ子らしく、少しもじっとしていないが、それはどこまでも、自分ひとりで遊んでいるのだった。

隣りの男が眼をあいて、なにか話しかけても、聞えぬ振りをしていた。

「見ていると、だんだん、だんだん、可愛くなりません？」

と、章子はやさしく言った。

窓の外の茶畑には、もう西日であった。茶の芽も出はじめていた。山に咲き残った山桜や、村のあんずの花が、静かな夕暮前の色であった。木々の新芽が一番あざやかな時である。

女の子はまた母親のところへ行ったが、直ぐ戻って来て、今度は、章子の横の長椅子へ飛び乗った。

そして、千代紙の小箱から、お手玉を出した。

「まあ、お手玉。」

と、章子はなつかしい驚きをこめて言った。

そのお手玉の布は、錆朱《さびしゆ》の地の小紋の友禅だった。

窓の外の若葉の夕暮のなかで、あまりに日本的なお手玉は、美しいしずくが眼にしみるように見えた。

「おうちはどこ？」

「横浜。」

と、章子に答えたけれど、やはり相手にかかり合おうとしないで、お手玉を不器用に投げ上げたり拾ったりしていた。

それにもあきると、罫紙《けいし》を出して、幼い絵を描きはじめた。

罫紙は商用の書簡箋《しょかんせん》で、横浜の寺川という生糸商と印刷してあった。

静岡にとまった。

やがて、沼津までの長い海岸線がひらけた。

章子は女の子の方ばかり見ていたが、ふと牧田を振り向いて、

「私達、一生この子のことを思い出すでしょうね。」

「覚えているね。」

「きっと忘れないと思うわ。もう二度と会うことはないでしょうけれど……。」

「そうだね。」

「帰りは、この子ばかり見て来たようよ。なんだか不思議だわ。」

東京が近づいて、そこには二人の家庭生活が待っていることも、牧田はまた不思議

なようだった。

「東京へ着くのは、ちょうど九時だね。もうすこし旅行してたくない？」

「そうね。でも、もう私帰りたいと思いますわ。することが、いっぱいあるんですもの。」

「なにをするの？」

「あら。」

と、章子は微笑んで、

「この子供を、盗んで行っちゃおうかしら。」

「なかなか盗まれるもんか。しっかりしたもんだ。」

と、牧田は言ったが、ふと、二人の間に、眼の青い、髪の赤い子供が生れたら、どうであろうかと思った。

そのような、世界中の人種が雑婚の平和な時代は、遠い未来に来るであろうかと、ぼんやり考えた。

女の子は退屈らしく立ち上って、なにか小声で歌いながら、ちょっと踊る振りで、書棚の前へ歩いて行くと、本を一冊抜き出して、また元へもどした。

海は色づき、その向うの夕空に大きい富士が立っていた。

夫唱婦和

一

牧山は学校から帰ると、上着はたいてい自分で脱ぐが、ネクタイは妻の延子にほどかせる。それから、両足を投げ出す。延子が靴下を取って、足袋《たび》をはかせてやる。こはぜまでかけてやる。

朝の出がけにも、延子が靴下をはかせる。ワイシャツやチョッキをうしろから着せかけることは、無論である。しかし、ネクタイだけは、牧山が自分で結ぶ。鏡なしで、きれいに結ぶ。延子がちょっとさわっても、気に入らない。牧山はネクタイ道楽で、ネクタイを売る店があると、よく覗《のぞ》いてみる。教師にしては、おしゃれの方であろう。

帽子は、送りに出た延子から、玄関で受け取る。帰りも玄関で脱いで、延子に渡す。延子にしてみれば、夫婦の間で、夫の足の世話をすることくらい、別になんでもないが、人が見ていたりすると、少しきまりが悪いと思う時もある。しかし、牧山は平気で、延子の前に足を突き出すのである。

今の中流の家庭では、足袋のこはぜまでかけてやるのは、まあすくないだろう。延子がそうするようになったのは、延子の母が、父のためにそうしていたからである。

延子の父は早く死んだ。母が父の靴下を脱がせたり、足袋をはかせたりしていたことなど、延子は思い出しもしなかったが、牧山と結婚するときまると、それが思い出されて来た。そういう時の父母の姿がありありと浮び、延子は寝床のなかで、涙も出た。

実家を離れるという感傷が、そんな父母の姿にも宿るらしかった。一人残してゆく母を、いとしく思うのには、ちょうどよい思い出なのかもしれなかった。

――肉も厚く、不恰好《ぶかっこう》にひろがった親指、そして、指のつけ根には黒い毛が生えていて、土踏まずのない、しかし柔かそうな、大きい父の足、それにまつわる母の白い手は、昔の女だった。短い指はよく動いた。

牧山は養子とはいえ、東京に住む職業なので、一人娘の延子と別れると、妾《めかけ》の子を、田舎の家へ引き取ったような母であった。

延子は母の真似《まね》をして、牧山の足袋を脱がせたり、靴下をはかせたりしてみたいのが、いつのまにか、習わしになってしまったのである。だから、夫の世話をするというだけではなくて、延子には、そこに父母の思い出もあった。

父の足と母の手とを心に浮べながら、延子は夫の足と自分の手とを、ひそかに眺《なが》めてみることもある。自分の手は、美しいと思う。そして、男の足というものは、なんとおかしな恰好であろう。

延子は馬鹿《ばか》らしいような、くすぐったいような、愛情を感じて、

「はい。」

と、夫の足の甲を叩く。なんとなく、忍び笑いする。

夫に足袋もはかせてやる女はあっても、その足を、そう念入りに眺めてみるひとは少いだろう。自分の足さえ、気をつけて見ることなしに暮している。

無論延子は、ほかの男の足など、まともに見たことはないが、夫の足は平凡な方だろうと思った。田舎の大きい家に育ち、人をおさえるような生き方をした、父の足のわがままな力は、夫の足になさそうだった。田舎の家にも、父にも、封建的なものが多分に残っていて、母に足袋のこはぜをはめさせるのも、自然であった。

「足にも性格がありますかしら……。」

と、延子は夫の靴下を脱がせながら、言ってみた。

「ふむ。」

「人相や手相と言うでしょう。足の形でも、その人の性格が分るかもしれませんわね。」

「あるだろうな。」

と、牧山は無関心に答えて、足を延子にあてがったまま、なんの警戒もなしに、その足を延子の観察にまかせていた。

着替えをすませてから、牧山は思い出したように、

「お前のを見せてごらんよ。」

と、あごをしゃくって、延子の足を指した。

「いやですわ。」

延子は首を振ると、着物の裾《すそ》のなかに足を縮めた。少し赤くなった。

「しかし、見とかんと、都合の悪いこともあるかもしれんな。」

「そんなに改まって、御覧に入れるようなものじゃありません。女の足なんて、御覧にならなくっても、いいわ。」

「ふむ。」

夫は幾年か延子の足にふれて、よく見ているはずなのに、形を覚えていてくれないのだろうかと、延子は思った。

牧山は熱い番茶をすすって、しばらく黙っていたが、

「いつか、こんなことを聞いたよ。トラックが汽車にはねとばされて、トラックに乗っていた人が線路へ投げ出されたから、足を轢《ひ》かれたのも、何人かあった。海水浴帰

りの青年団が、トラックにいっぱい立って乗ってたんだよ。ちぎれた足を見ても、誰の足だか、ちょっと分らないという騒ぎだ。ところが、うちの人が駈《か》けつけると、自分の家族の足は、すぐに見分けがついたそうだ。」

「まあ。」

延子は眉《まゆ》をひそめた。

「分るものらしいね。」

「いやあね。」

死んだ父の足が、延子の眼に、はっきり浮んで来た。

延子は、母が父の靴下を脱がせたり、足袋をはかせたりしていたことを、夫に話した。娘の頃は思い出さなかったが、牧山と結婚することがきまってから、急に思い出したのは、不思議だったと、はじめて夫に打ち明けた。

「子供を持つようになったら、自分の子供の時のことを、もっと思い出すかもしれませんわね。」

「そういうことはあるだろうな。」

「きっとありますわ。自分の子供を見ながら、自分が子供だった頃のことで、今は忘れてることを、いろいろ思い出して来るでしょうと思うと、楽しみですのよ。」

「今だって、子供の時のことを、お前はずいぶんよく覚えてる方だよ。始終話すじゃないか。」

「でも、いやな顔をなさるわね。お聞きになりたくないらしいわ。」

「そうでもないさ。僕はしかし、さっぱり覚えてないなあ。」

「女は世間が狭いから、つまらない自分のことばかり、こまごまと覚えているんですわ。」

「そうじゃない。女は自分ばかりを愛してるんだよ。そういうところが、女の強みさ。」

「自分ばかりなんてこと、ないわ。ひとばかり愛して、自分は捨ててますわ。そうでないと、奥さんにも、お母さんにも、なれませんもの。」

「自分ばかり愛してることを、自分と肉体的につながる人を愛することで、現わしているわけなんだろう。」

延子は不服だった。夫の言葉は浅薄に聞えた。夫はほんの座興で、自分をからかっているのだろうが、延子の愛情を贅沢《ぜいたく》に受け流している人のような気もした。

「実際、僕は学問の方でも記憶が悪いんだよ。自分の記憶に頼れないことを、よく知っていて、なんでもいちいち、本にあたってみて、調べる癖があるから、そのお蔭《かげ》で、教師にもなれたわけなんだ。」

と、牧山は言った。

「僕の代りに、延子がよく覚えといてほしいんだよ。」

「だって……。」

「ううん、僕達の生活のことをさ。若い時のことを、いろいろ延子に昔話してもらって、老後の楽しみにしようじゃないか。」

「ええ。」

延子はうなずいた。思いがけない夫の言葉に、心を動かされて、

「それじゃ、日記を書いとくことにしますわ。」

「日記？　そうだな？」

と、牧山は考える風で、

「日記はどうかな。書いとくのは面白くないかもしれんね。延子が覚えていてくれる方がいいんだよ。」

「そんなの……。あたしだって、なにもそう覚えてられませんよ。日記をつけておけば、確かですわ。あたしの記憶なんて、ずいぶん怪しいのよ。実際とはちがった風に覚えてると思うんですの。そんなに信用されると困っちゃいますわ。」

「人間の思い出って、そんなものだよ。なにも確かでなくていいんだ。実際とちがってる方がいいんだ。延子が好きなように、覚えていてくれるだけで、沢山なんだよ。老後にその話を聞いて、ああ、そうだったかと思い出したら、それでいいのさ。」

「それでは、せいぜい覚えてることにしますわ。」

と、延子は微笑《ほほえ》んで、

「でも、あなたも覚えていて下さらなくちゃ、つまらないわ。」

「僕は駄目さ、僕が覚えていると、なにもかもみな、つまらんことになってしまう。」

「あら、どうして……？」

延子は夫の真意を汲《く》みかねて、

「おかしいわ。」

と言いながら、火鉢の縁の夫の手にちょっとさわってみた。

延子の思い出話を聞いて、二人がそのように暮して来たと思い、それを老後の楽しみとしようと言うからには、牧山は自分の結婚生活に満足して、謀叛気《むほんぎ》のないものと、延子は信じた。

また、延子が覚えている通りに、二人の生活があったと思おうと言うのは、牧山が延子を十分愛しているからにちがいなかった。

延子は幸福であると共に、なぜか、もっと夫をいたわってやらねばならぬような気がした。

しかしまた、自分は記憶が悪いと言うのは、まんざら嘘《うそ》ではないにしても、二人の一生を、お前一人で覚えていてくれと、延子にまかせてしまうような、わがままな得手勝手が、夫にはある。足袋のこはぜまでかけてやって、そういう風に、自分が夫を増長させたのかもしれない。

でも、自分達夫婦の人生は、牧山に覚えていてもらうよりも、自分が覚えていた方が、老後に振り返ってみて、きっと幸福なものに思えるだろうと、延子は想像した。

そして、びっくりした。

そういう想像が生れることのうちに、男と女との違いばかりでなく、夫と自分との性格のちがいを、嗅《か》ぎつけたように思ったからである。

牧山家を訪れる人は、だれもかれも、延子がいい奥さんだと言う。よくしておあげになると、褒《ほ》めぬ者はない。

「奥さんがよく見えるのは、亭主に欠陥があるからさ。」

と、笑って答えるのは、牧山のきまり文句で、そんなことはない、旦那《だんな》さまがいいからだと言うのは、客のきまり文句だが、そういう時牧山は顔をしかめた。

二

延子の母が死んだ。妾の子の桂子は、延子の東京の家へ引き取ることになった。牧山は無論反対した。延子の母が桂子を田舎の家へ入れた時も、牧山は反対だった。延子の父が死んだ時に、桂子の問題はかたづき、その後先方から苦情が出たわけでもないのに、なにをこちらから好んでまたかかり合いをつけるかと、牧山は言うのだった。

「第一、お母さんが、自分を辱《はずか》しめるようなもんじゃないか。憎むのが当然じゃないか。」

そう言われても、延子は桂子を憎めなかった。離れて暮しているせいか、ただ一人のきょうだいという感傷さえあった。

とにかく母の面倒を見てもらいたいので、牧山にかくして、たんものなどを送ってやったりしていた。妾の子供を入れたりする、母のさびしさを、牧山が親身に察してくれたらと、延子は思った。

父に妾のあることを、母は素直にあきらめていた。牧山の言うようには、それを妻の屈辱としていなかった。学年の変り目には、桂子の進級祝いを送るような母であった。

母の葬式の時に、牧山は初めて桂子を見て、

「美人じゃないんだね。」

と、意外そうに言った。

「きれいな子だと思ってらしたの？」

妾の子は、本妻の子よりも美人だろうと、牧山が考えていたのかと思うと、延子はいやだった。

桂子は背ばかり高く、骨張った感じで、女らしいやさしさがない。顔よりも体の方が黒かった。しかし、濃い髪の毛は美しい。笑うと、どことなく延子の父に似ていた。

台所の手伝いをさせてみると、食器の扱いなどもぞんざいだった。廊下や柱などを拭《ふ》きこんで、古い道具類を大事にしていた母は、桂子と暮して、さぞ困ったことだったろうと、延子は今更母の忍従があわれだった。

桂子を引き取ってしまえば、田舎の家は全く不用になるから、売ればどうかと、牧山が言い出した。田畑や山林も、今が手放し時だと言った。

延子はおどろいて、

「だって、こうして暮してるのに、別に不自由があるわけじゃないし……。」

と、静かに言うつもりの声が、ふるえていた。なによりも、一種の恐怖が背筋を寒くするようだった。

「もう少し待って……。」

「そりゃあ、延子のものだから急にどうこうしようというわけじゃない。」

「あたしのものだなんて思わないわ。あなたのものですわ。」

と、延子はおどおどした。

「でも、東京の生活って、なにか不安じゃありませんの。株なんかあっても、田舎者のあたしには、信じられませんわ。それよりも、田舎に田や山を持っている方が、なんとなく安心していられるんじゃありませんの？　田舎のものがなくなったら、あたし達も浮草ですわ。」

「それはね、お前が田舎で、幸福な日を過したからさ。その幸福な日の幻影に、未練を持ってるんだよ。僕のように、子供の時から苦労して来た者は、財産の夢に騙《だま》されんからね。確かな計算で判断する。」

そう言われると、延子は返答もむずかしかった。牧山は蓄財の道も心得ていて、損得を見るのにまちがいなかろうが、金に困りもしないのに、田舎の家や土地を売る必要は、延子には納得しにくかった。夫が商人か事業家ならばとにかく、学者として静かに暮しているのではないか。

牧山は延子の恐怖をまぎらわすように、

「ぼくが株にでも手を出して、借金をしたら、売ってもいいだろうか？」

「ええ、それはもうしかたがありませんわ。」

と、延子も笑った。そんなことをするはずのない、牧山であった。その話はそのままになった。

桂子は東京の家へ来てから、素直に延子を頼りにしたが、牧山には一向なじまなかった。

牧山も桂子にはなに一つ用を言いつけたことがなく、必要な話があると、延子に取り次がせるという風だった。

「いつも黙りこくって、なにを考えてるのか分らん娘だね。」

と、牧山は桂子を邪魔ものにした。

「そうでもありませんわ。おしゃべりよ。」

しかし、延子は桂子のことを、あまり牧山にとりなそうともしなかった。桂子が牧山をなぜか軽蔑《けいべつ》し出したのが、延子にも感じられたからである。

延子が夫に足袋をはかせていたりすると、桂子は傍《そば》から、養子のくせに生意気だと言わぬばかりに、冷笑を浮べて眺めていた。

それが延子はつらかった。自分ばかりでなく、母もいっしょに、桂子から冷笑されているような気がした。

延子の父は、妾宅《しょうたく》へ行っても、やはり桂子の母に、足袋のこはぜまでかけさせていたのだろうか。桂子を見ていると、どうもそうではなかったように、延子には思われる。

家中きたなく取り散らかしたなかに、延子の父は襟垢《えりあか》のついたどてらなど着せられて、だらしなく寝そべっていたのではなかろうか。近所の怪しげな店から、うどんや蜜豆《みつまめ》を取って、食べさせられていたのではなかろうか。

桂子は、父の不潔な下卑た一面から生れた娘ではないかと、延子に見える時があった。

ところが、延子を見る桂子の眼が、いつかちがって来たようだった。延子が夫の靴下を脱がせようとすると、桂子はそっと眼を伏せたりした。はっと延子は勘づくものがあった。

牧山との結婚がきまって、母を思い出したことを、延子は思い出した。桂子も誰かと恋愛しているのではなかろうか。

やはり、延子の勘ははずれていなかった。――佐川と結婚の約束をしたと、桂子は延子に打ち明けた。しかも、子供が出来たらしいと言う。

延子は夫に相談するよりしかたがなかった。牧山は直《す》ぐに、佐川を速達で呼びつけた。

佐川というのは、牧山が助手に使っている男だった。始終家に出入りしていた。こんど牧山の世話で、地方の学校へ赴任することがきまったばかりだった。

三

佐川が来ると、牧山は延子にもいっしょに会うようにと言って、延子がちょっと鏡の前に坐《すわ》る間、傍に立ちながら、

「速達を出してから、三日も四日も顔を見せなかったんだから、少々この話はむずかしいかもしれんよ。」

「ええ。でも、そのあいだに、子供が出来たんじゃないってことがわかって、よかったですわ。」

「へええ？」

牧山は、きょとんとして、

「どうして分ったの？」

「お馬鹿《ばか》さんね。」

延子は応接間へ入ったとたんに、佐川が幾分敵意を含んで、身構えしているのを見て取った。

「先生のお手紙をいただいて、直ぐうかがわねばならないのですが、いろいろ考えてみたかったものですから……。」

と、少し青ざめて言った。

「うん、驚いたね。君は真面目《まじめ》な男だから、先《ま》ず僕達に相談してくれるとよかったね。こういうことは言いにくいかもしれんが。」

「はあ。」

佐川はしばらく、むっと下向《うつむ》いていたが、

「先生のお手紙を見て、自分にも責任が出来たように思うものですから、考え直していたんです。」

「考え直すって……？」

「子供のことです。」

「子供か？　子供は出来ていない。」

「はあ……？」

佐川は吐き出すように、

「そうですか。」

と、つぶやいて、延子の方を、ちらっと鋭く見た。

牧山は佐川の態度に不安を感じたらしく、

「しかし、君は約束を守ってくれるんだろうな。」

「約束って……？　桂子さんとは、なにも約束いたしませんが……。」

「桂子は、君と結婚の約束をしたと言ってるんだよ。」

「そんなことはありません。桂子さんはよく分っていられるはずです。はじめから、そういうつもりで、おつき合いしたんではなかったんです。」

「じゃあ、どういうつもりだ。」

「責任は無論僕にもありますが、桂子さんも同じで、五分五分だと思うんです。」

牧山はしばらく黙っていてから、

「子供が出来ていないからいい。出来ていれば、結婚しようというのかね。」

「いいえ。そんな馬鹿なことは考えません。たとい子供は出来ていても、結婚する気にはなれません。それで、子供をどうしようかと、二三日悩んでいたわけです。」

「桂子のためには、悩まないのか。」

「桂子さんとは、もうお別れしたことになっています。こういうことは、お互いの過《あやま》ちとして、早く切り上げることにいたしました。」

牧山は怒りで脣《くちびる》がふるえた。つとめて静かに言った。

「君は恩義のある家の娘を弄《もてあそ》んでおいて、しゃあしゃあと、よく恥知らずなことが言えるね。」

「先生は、誤解なさってるんです。そういうこともあるかもしれないと思って、日記を持って参りました。」

「日記？」

牧山は延子と顔を見合わせた。

「これを御覧下されば、分っていただけると思うんです。自分でも読み返してみましたけれども、私ばかりの責任とはかんがえられません。」

「君は日記をつけてるのか。」

「はあ。」

「それはまた用意周到で、恐れ入ったね。見せ給《たま》え。」

「はあ。どうしてもお見せしなければならないのなら、奥さんに見ていただきます。」

と、佐川は日記帳を延子に渡した。

さっきから、微塵《みじん》も弱みを見せまいとする、佐川の冷酷な態度に、延子は驚きのあまり、むしろ恍惚《こうこつ》と見とれていた。

なんだかぽかんとした気持で、佐川の日記帳を開いた。ところどころ、頁《ページ》の折ってあるのは、桂子と会った日のことなのだろうか。

しかし、二三行読み出すと、延子の顔は青ざめた。顫《ふる》え出さないために、両の膝《ひざ》頭《がしら》をかたく合わせた。

——佐川が愛しているのは、延子なのである。牧山の学問を敬うからではなく、延子の魅力に誘われて、彼は牧山の助手の役目をつとめて、延子の家庭に出入りしていた。

それを見破っているのは、桂子だけだ。彼女は、佐川の気持を延子に伝えてやるとか、牧山に明してしまうとかいう口実で、佐川をつれ出し、そうして自分が佐川にまつわりついて、身を投げかけた。泣いて訴える桂子の誘惑に、佐川は負けたのである。

延子と離れて、田舎落ちさせられる佐川には、心のゆるみもあった。

日記を読む延子のありさまが、尋常ではないので、牧山はいぶかしそうに、

「どうなんだい。桂子の方が悪いのか。」

延子は顔をよう上げなかった。

「そうか。それじゃあ。まあとにかく、桂子をここへ呼んで、佐川君と二人で、納得のゆくように、話し合ってもらおうじゃないか。」

「は。」

「桂子を呼びなさい。」

「は。」

延子が出て行こうとするのを、

「奥さん。」

と、佐川が呼び止めた。

「奥さん。日記帳を返していただきます。」

「はい、失礼いたしました。」

と、延子は引き返して、佐川に日記帳を渡した。

「僕らもここにいない方がいいだろう。」

と、牧山は延子といっしょに、応接間を出て来て、

「どうなんだい。とうていだめか。」

延子はふっと眼をつぶると、夫の肩へ倒れるようにつかまって、首を二三度振った。

しばらくして、牧山は応接間を覗《のぞ》きに行ったが、

「おうい、延子。佐川が帰っちゃったんだ。おうい、延子。」

と、大声で呼んだ。

「けしからん奴《やつ》だ。挨拶《あいさつ》もせずに逃げるとは、なんという奴だ。」

延子が応接間に入るなり、桂子はその膝に抱きついて、わっと泣き出した。

「お姉さん、すみません、すみません、お姉さん。」

延子はぼんやりしていたが、自分の頰《ほお》にも熱いものが流れるのを感じると、急に気がついたように、桂子の背を撫《な》でてやった。

そして、きょうだいの愛情が、今はじめて通うようだった。

その夜、延子は夫の足袋を脱がせてやって寝間着を着せかけながら、

「桂子を、しばらく田舎の家へつれて行って来ても、いいでしょう。可哀想《かわいそう》だから、静養させてやりたいんですの。」

「うん。しかし、あの娘《こ》は、僕には分らん。もう一度佐川に考え直してもらって、それでもだめなら、早く田舎で縁づけるんだね。」

「ええ。」

「桂子は二十四だったね？」

「ええ、四ですわ。」

「延子と三つちがいか。」

「ええ。」

延子は眠れなかった。

佐川が自分を愛していると、夢にも気がつかなかったのは、なんというう かつだろう。それほどまで、自分は夫にばかり心を奪われていたのだろうか。

わけのわからない涙が、枕《まくら》を濡《ぬ》らした。延子は幸福だった。夫を愛しているからの幸福にちがいなかった。

でも、佐川のために、自分の覚えている人生と夫の覚えている人生とは、ちがって来たことを思わずにはいられなかった。老後の思い出話の時に、佐川のことを夫に言えるだろうか。正直に言えるようにならなければいけないと、延子は考えた。

延子が牧山にさからったのは田舎の家や土地を売ることだけだが、それも夫の言葉に従おうと思って、田舎の親戚《しんせき》と相談するために桂子をつれて行くのだった。

子供一人

ベッドの上に突っ伏して苦しんでいるのは芳子だということが、元田には一目で分った。

医局の窓のところに大きい合歓《ねむ》の木がある。その合歓の枝を通して、中庭の向うの病室を見上げているわけで、ゆかたの柄も見えぬほどの遠さだのに、芳子がげえげえ言って、吐くものもなく、黄色くねばった水を涎《よだれ》みたいに吐いているのが、ここまで聞えるようだった。元田は自分も胸が悪くなって来た。

「まあ、もう三四日様子を見た上で、いよいよ母体が危険のようでしたら、あきらめていただかんならんかもしれません。そういう場合は、いずれ御相談しますが……。」

と、医師は元田に言った。

「はあ。」

元田は医師の眼を避けるように、芳子の病室の方ばかり眺《なが》めていた。

医師は二人を正式に結婚したものと見ていてくれるかしらと、元田には疑われるのだった。初めて病院へ診察に来た時も、少し手後《ておく》れだという医師の言葉のうちには、二人の間を怪しむような響きがあった。この春女学校を出たばかりで、小柄の芳子は、兵児帯《へこおび》の方が似合う少女としか見えなかった。髪もまだ結べるほどは伸びていない。それがつわりでやつれているのは、なにか残酷な感じであった。芳子はどうしても病院へ来るのをいやがった。元田も恥かしくて、一日延ばしになっていた。

名前を呼ばれて診察室へ入ろうとした時、芳子はふっと二三歩もどると、そこに立ち止まって、元田の方を見た。なぜかほほえもうとしたようだったが、自分の妙なしぐさに気がついたらしく、不意に頰《ほお》を染めた。看護婦までが元田を振り向いた。

入院してからも、元田は二人が正式に結婚していると知らせておきたいと思いながら、そんなことを改まって言い出す折はなかった。

「あんなに苦しむのは、少し結婚の年が早過ぎたんでしょうか。」

と、元田は言ってみた。

「いや、そうでもないでしょう。体質ですな。」

医師も芳子の病室の方を見た。

梅雨には珍らしい青空に、ほうっと薄桃色の合歓の花が浮んでいる。その下の青葉のあいだに窓が見えて、芳子はやはり少女じみていた。

みずおちを強く両手でおさえて、折りたたんだ膝《ひざ》へ胸を押しつけながら、ベッドの外へ出した肩から首を、身悶《みもだ》えするように振っているので、今にも逆様《さかさま》にころげ落ちそうだった。

元田はあわてて医局を出た。病室へ入るなり抱き起してやると、芳子はぐったり頬を元田の胸に寄せかけたまま、荒い息づかいで呻《うめ》いていた。

「看護婦はどこへ行ってるんだ。」

「附添さんいやよ。附添さんいやよ。」

と、芳子は首を振って、元田の腕にすがりついた。その掌《てのひら》にまで、冷たい汗が出ている。元田は額を拭《ふ》いてやった。芳子も自分の袂《たもと》を握って、口のまわりの涎のようなものを拭いた。寝間着を着替えさせようとすると、芳子はちょっと待ってと言って、足を伸ばして横になったので、

「苦しいの？」

と、元田が聞くと、

「ううん。」

と、芳子はほほえんだが、

「あら？　苦しいの、どこかへ行っちゃった。どうしたんでしょう。おかしいわ。治《なお》っちゃったわ。あなたがいらしたからかしら……？」

そして、元田が吸呑《すいのみ》を渡してやると、芳子は眼をつぶって、番茶をうまそうに飲んだ。ふうっと口笛を吹くようにして、にこにこ笑った。

「今のうちに、なにか食べとかない？」

「いや、いや、食べものの話しないで頂戴《ちょうだい》。また変になるわ。」

元田は洗面器に水を汲んで来て、芳子の体を拭いてやった。芳子はベッドの上に坐《すわ》ったが、その肩を片手でつかんでいないと、ぐらぐらしそうだった。元田の指には芳子の肩の花車《きゃしゃ》な骨が感じられて、女学生の日焼けが急に白くなった首筋から背に、産毛《うぶげ》が目立った。

芳子は窓のカアテンをしめて、元田に扉の把手《とって》をつかまえていてくれと頼んだ。お産は少し無理かもしれないと、医師に言われた骨盤を、元田は扉のところに立ちながら、いじらしく思った。――それを看護婦にはかられる時、芳子はいたいともよう言わなかったので、巻尺のあとがついたりした。

新しい、ゆかたに着替えると、芳子は足の指の間をこすった。黒い垢《あか》が出た。いやだなと元田が見ているうちに、芳子は顔を上げて、

「ねえ、お医者さんに会ってらしたんでしょう？」

「うん。」

「なんて……？　ねえ、なんて言ったの？　だめなの？　だめだって言われたの？」

と、問いつめながら、芳子はぽろぽろ涙を落した。

「いやよ。あたし、どうしても産むわ。死んでもいいから、産ませて頂戴。ねえ、約束して……。死んでも産むの……。」

ひきつるように脣《くちびる》がふるえた。

「大丈夫だよ。きっと大丈夫だ。芳子がものを食べさえすれば、いいんだよ。」

「そう？　なんでも食べるわ。」

と言うなり、また鳥肌立つように青ざめて、芳子は吐きそうになった。そっと寝かせた。

「ちょっと、その写真を取って……。」

それは女学校の卒業記念写真だった。芳子は病院にまで持って来ていた。

「あたし、死ぬわねえ。」

「止《よ》せよ、馬鹿《ばか》。」

「だって、これ、あたし一人だけ、死んだ人みたいだわ。そうでしょう？　きっと死ぬのよ。」

その写真を写す時、芳子だけはいなかった。卒業生がみな並んでいる上の方に、芳子一人の写真が、後からはめこんである。

卒業式に芳子が出られなかったのは、家出をして、元田のところへ来ていたからだった。

芳子の家は田舎町の造り酒屋なので、卒業というと、もうそろそろ縁談が持ち込まれた。芳子は元田と約束していることを、母親に打ち明けた。畳屋の息子が半ば苦学して大学を出た元田とは、無論釣り合わぬから、許されるわけはなかった。昔風な家長気質の父親があまりに芳子を頭ごなしに罵《ののし》ったので、くやしまぎれでもあったろうが、芳子は元田のところへ逃げて来た。

元田がアパアトへ帰ってみると、芳子は瞼《まぶた》をはらして、ちょぼんと坐っていた。汽車のなかから電報を打つとか、元田の勤先へ電話をかけるとかすればよいのに、そんな智慧《ちえ》も働かず、おどおど泣いていたらしく、元田の姿を見ると、まるでここへ帰って来るあてのない人を待っていたかのような、あわれげな喜びで迎えるのだった。

花やかな冒険を敢《あえ》てした恋人とは見えないで、なにかもの悲しい抜殻のようであった。それが却《かえ》って、元田が芳子を抱き寄せる誘いとなった。

芳子の家では、まさか元田のところへ走るほど、娘が大胆とは思えなかったのであろう。親戚《しんせき》や友達の家など捜していたらしく、芳子の姉が元田のアパアトへ来たのは、四五日後だった。ともかく芳子は姉に連れられて行った。

子供が出来ているというので、あわてて婚礼をしたのは、三月程後である。式は東京でかくれるようにすませた。それでも芳子の母親は新所帯の家に泊り込んで、娘の嫁入り支度を買いととのえて行った。

そして、二人の新婚生活は、芳子のはげしいつわりからはじまったと言ってもよい。狭い田舎町なので、芳子のことは女学校にも直《す》ぐ知れた。試験はみな受けて優等の成績であったが、卒業式に欠席して、男のところへ出奔したのだから、卒業証書を取り上げようという騒ぎになった。

卒業の記念写真を見ると、いつもこれらのことが思い出される。芳子一人の写真が離れて、上の方の空白に浮んでいるのは、二人が結ばれた記念であり、熱情の勝利を歌っているようでもある。

芳子がアパアトで元田を待っていた時のみじめな姿も、今は抒情的《じょじょうてき》なものに思われて、芳子の冒険は愛の火だったと、二人は信じている。

また芳子がこの写真を度々《たびたび》取り出して眺めるのは、まだ女学校がしきりになつかしいからであろう。

しかし、自分一人だけ死んだ人のように見えると言われると、元田も笑ってはすませなかった。芳子の写真だけ別なのは、異様な運命を暗示しているのか、不吉と思えぬこともなかった。死人の像をこういう風に入れるのは、記念写真の習わしだった。

よほど悪性のつわりらしく、栄養剤を注射するほど衰弱していた。つわりを通り越したところで、月が満ちぬうちに、開腹手術の出産をしなければならぬかもしれない体では、どうなるか分らなかった。三四日この様子が続けば母体が危いと、医者も言う。

死んでも産みたいと言うのからして、母性の愛情よりも、病気で少し異常になった頭のうわごとかもしれなかった。

でも、芳子がこの子供を産みたがる気持は、元田にもよく通じた。この子供がなければ、結婚出来ていない二人である。まして芳子には、結婚までの苦しい経路が、この子供に宿っていて、せつない心であろう。そういう子を犠牲にするのは、その後の空白が堪《た》えられそうにない。罪の恐怖もあるが、尚《なお》強いのは、言いようのない不安だった。芳子はただもう盲目的にこの子に縋《すが》りついていたいのだった。

「学校の講堂には、創立以来の卒業写真が並んでいるのよ。あたしは笑われてるでしょうね。でも、死んだら、可哀想《かわいそう》だと思ってくれるかしら……。」

芳子は写真を投げ出して、眼を閉じた。くぼんだ瞼に、落ちつきなく眼球《めだま》の動くのが見える。そして、涙は止めどがない。涙腺《るいせん》がゆるんでしまったようだ。

「今死ぬのは、赤ちゃんをつれてゆくから、あなたもいっしょに死ぬようで、すまないけれど、幸福ねえ。」

と言いながら、芳子は枕《まくら》の下から紙きれを取り出した。元田が見ると、彼の着物だとか肌着だとかを、夏冬に分け、箪笥《たんす》のどの抽出《ひきだ》しに入っているか、詳しく書きつけてあった。食器類などの目録も作ってあった。

「人が集まって来て、あなたがまごついてるとみっともないから、書いといたわ。」

「まごつくほどありやしないよ。」

元田は胸が暗くなった。なんとみじめな遺言状であろう。女学校の優等生らしく、几帳面《きちようめん》な字の鉛筆書きだった。

元田はいよいよ医師に処置をしてもらおうと決心した。芳子の濡《ぬ》れた眼は底から澄み通っているようで、元田は死の影におびえた。

また汗ばんだ体を拭いてやると、小さい乳にふれ、そこだけつめたく、元田は横を向いて瞬《まばた》きした。

ところが、芳子のつわりは嘘《うそ》のように治ってしまった。医療の効果もあったろうが、なにか通り魔が過ぎたという感じだった。

あきれるほど食べ出して、見る間に太って来た。なりふりかまわず、一日中くるくる働き通した。芳子の里の裕福な旧家とは別の家に生れた娘のように変ってしまった。はらの子供のことも忘れたか、女学生らしく歌をうたって飛び廻った。元田はこんなに快活な芳子を見たことがなかった。

坐っても、でんと腰に重みが加わって、急に人妻らしい体つきになった。腕なども固い肉が張り切って、手答えが出来た。愛情にも、むさぼるような女の力が、ちらちら燃えはじめた。

出産の不安は忘れた。二人は新しい幸福におぼれていた。

しかし、或《あ》る朝、芳子のむせるような声で、元田が目を覚ますと、芳子は寝床のなかで、煙草《たばこ》を吹かしていた。

「おい。」

元田が奪い取ろうとしたが、

「いいじゃないの、のんだって。」

と、芳子はさからった。朝寝の床のなかで、女が煙草を吸うなんてと、元田はたしなめた。

「赤ちゃんがいるから、眠いわよ。二人分ですわ。」

と、芳子は背を向けて、ぷうっと煙を吐いた。

「煙草なんか、この間からのんでるわ。」

元田は芳子のふてくされにあきれて、しばらく見ていたが、

「馬鹿っ。」

と、いきなり肩をなぐりつけた。

芳子は飛び起きた。そして、ばたばた自分の寝床を片づけると、元田の掛蒲団《かけぶとん》を乱暴にはぎ取り、うんと言って敷蒲団を持ち上げた。元田は畳の上へころげ出した。

芳子のえらい力に、元田は度胆《どぎも》を抜かれたが、流産するよと、静かに言った。

「いいわよ、どうせ子供は墓場の下から産れるんだもの。」

と、芳子は鼻で笑いながら、いつもは女中にさせていることを、今朝に限って、わざと力むように、蒲団を押入へ投げ込むのだった。

「いやな夢を見て、とても悲しいから、煙草をのんでたんだわ。墓場に赤ん坊の泣き声が聞えて、死んだ人のおなかから、産れて来たのよ。蛙《かえる》のような青いおなかに、お月さまが照っていて、おお気味が悪い。」

と、芳子は身ぶるいした。

またつわりになる前兆かと、元田は思った。しかし、芳子の話し方は妙にしらじら

しくて、ほんとうにそんな夢を見たのかどうか、信用出来かねた。なにかの本で読んだことを、自分の夢のように話しているのかもしれない。

芳子の声の、ひたすら元田にもたれかかるような可愛《かわい》さは、近頃失われて、しっかりした粘りがついて、嘘を平気でつけそうな声に変っていた。

台所でも、女中を押しのけるように働いた。その日の朝飯は、元田の前に、生卵、海苔《のり》、佃煮《つくだに》など並べたが、味噌汁《みそしる》はなかった。催促すると、

「お味噌の匂《にお》いをかいだだけでも、むかむかするのよ。女中につくらせて、あたしのいないところで食べて頂戴。」

と、元田の顔も見ないで、自分は塩昆布の茶漬《ちゃづけ》をじゃぶじゃぶ三四杯も掻《か》き込んだ。いかにも小面憎《こづらにく》い。

元田は芳子の偏食に気がついて、胎児の発育に悪いと言った。

「発育が悪かったら、お産が楽じゃないの?」

と、芳子はうそぶいた。

元田の靴下に穴があいていた。ワイシャツの袖口《そでぐち》もよごれていた。

「会社で靴を脱がないでしょう。いちいちうるさいのね。畳屋の息子のくせに、割とおしゃれだわ。」

「なにっ。」

「そうじゃないの？　畳屋の息子じゃないの？」

元田は机の抽出しから、芳子の「遺言状」を出して、靴下とワイシャツの在り場をさがすと、

「これを思い出してみろ。」

と、芳子に突きつけた。あのころのいじらしい芳子は、どこへ行ってしまったのだろう。

元田が自分で靴下をはきかえるあいだに、芳子は「遺言状」を細かく引き裂いて、真夏の日が朝からぎらぎらする庭に捨てていた。浴衣《ゆかた》の襟《えり》をはだけた肩首は、美しい肉がついて、香油を塗ったようになめらかだった。ふと元田は、自分の芳子ではない、街の娼婦《しょうふ》を見たように思って、眼をつぶった。

それから二三日、芳子は元田にほとんどものを言わなかった。

胎児が神聖だからと、芳子は潔癖になった。去年大学を出たばかりの若い元田は、芳子に従った。

芳子は化粧を忘れて、きつい顔になった。頬の骨が立って来て、少し男じみた眼つきで、元田を真向から見た。そして、身うちから湧《わ》き出す暴力に追われるかのように、

力仕事を好んでした。

芳子をあまり働かせぬようにと、元田は女中に言い含めた。それから四五日後に、女中はひまを出されたと、元田に泣きついた。芳子の里からつれて来た女中で、芳子には忠実な娘だった。元田が女中の弁護をすると、芳子は気色ばんで、

「女中が泣いて、あなたに話すなんて、きたならしいわ。秘密らしく、なにを二人で言ってらっしゃるの?」

芳子が病的な嫉妬《しっと》に悩まされていることを、元田は初めて気がついた。勤先の同僚の噂《うわさ》などしても、いちいち反感を見せるのは、そのためだとわかった。

元田は注意しなければならないと思ったが、しかし、いわれのない嫉妬で、なにか邪悪なものを含んでいるようだ。人からも愛されるたちの素直な芳子だったのに、この頃では、敵意を先きにして、他人を見るらしい。可憐《かれん》な心もなくなった。旧家の娘らしい純潔な気品も失われた。こんなに行儀の悪い暮しを、里ではしていなかった筈《はず》である。

鮪《まぐろ》の刺身というと、それを一週間も続けるような偏食でも、芳子はますます太って元気だった。しかし、その健康はほんとうでない、虚《むな》しい絵ではないかと、元田は疑った。がたっと崩《くず》れそうだ。やはり、芳子の体には、子供を産むということは、無理

なのだろうか。憑《つ》きものがして、その憑きものの力で生きているような芳子だった。極端に言うと、芳子自身は滅びてしまって、別の生命が芳子を道具として生かしているありさまとも見えた。そんな考えは元田の子供らしい妄想《もうそう》と知っているものの、胎教ということもあるから、もし芳子の変化が多少でも子供の性質を暗示しているのだとすると、どんな子が産れるかと、空恐ろしかった。

とにかく、家庭の平和も幸福も、全く破られてしまった。芳子は肩をせり上げるようにして、事毎《ことごと》に元田にさからい、醜いいがみ合いの毎日で、元田の心も荒《すさ》んで来た。芳子には初めての都会の炎暑が、妊娠の体にさわるのかと思って、夏のあいだ田舎へ帰っていたらと言うと、芳子は元田が別れたいのだと邪推して、瀬戸物を投げつける騒ぎになったりした。

しかし、蚊帳《かや》のなかで、芳子は子供が動くと言って、思いがけなくやさしい花が咲くようにほほえんだ。静かに眼をつぶった。

「そうかい。——ふむ、ふむ。」

と、元田も笑っていると、

「止《よ》して頂戴《ちょうだい》。」

と、芳子は甲高《かんだか》く叫んで、いきなり手を払いのけた。

「どうせ冷淡よ。あなたは子供に冷淡よ。ちゃんと分ってますわ。あなた、あたしが病院で、死んでも産ませて頂戴って、泣いて頼んだのに、その日の帰りに、子供はいらないって、お医者さんに言ったでしょう。あんなくやしいことなかったわ。子供といっしょに死んでしまおうと思ったけれど、子供が大きくなったら、言いつけてやるわ。そうよ、お医者さんがあたしに話してくれたんですから、嘘じゃないわ。」

医師は芳子のつわりが治ってから、元田がこんな風に心配したほど、一時は危険な病状だったと、笑い話にしたのだろう。それを今、子供が大きくなったら言いつけてやると、芳子が毒づくのは、あまりの悪意で、さすがに元田もこらえかねた。

「こんなからだでお嫁に来たのが、あなたはお気に入らないのよ。それだって、あなたが悪いんですわ。あたしはなんにも知らない子供で、一途《いちず》にあなたを信じて、相談に来たのに、帰れなくしたのは、あなたじゃありませんの。父もそれを一番怒ってたわ。年のゆかない娘だし、一旦《いったん》は清いままに親元へ返して、それからほしいと言うのが、立派な男のすることだって……。あたしはあんなにされなくったって、あなたにそむきはしなかったわ。不良少女みたいな結婚がしたくて、あたしは東京へ来たんじゃなかったの。きれいに思い出せる結婚がしたかったわ。思い出すのも、いやよ。」

元田は一言もなかった。しかし、それは芳子がこんな風に言い出してはならないことだった。言えばおしまいだった。元田は寒々とした幻滅を感じた。

女には自分の純潔を崇拝する心があって、それをよごされた怨《うら》みは、芳子の底に沈んでいて、今ごろ吐き出されたのかもしれないが、自分達の最初のことを、芳子がいつまでも憎んでいるとは、元田には幾らか不意討ちだった。

元田はなにを言うのもいやになった。うつ伏せに寝て泣いている芳子に、初めて肉体的な嫌悪《けんお》を覚えた。羞恥心《しゅうちしん》を失った女の、ぶざまな姿に見えた。元田は今まで、アパアトへ逃げて来た時の芳子を、いとしいと思っていた。あわれげではあっても、醜い思い出ではなかった。

芳子の反抗のうちには、ほんとうの憎悪《ぞうお》も含まれていたのかしらと、元田は疑ってみることさえあるようになった。

芳子は精神の異常を自分でも恐れ出したらしく、元田に相談して、宗教書を読みはじめたり、床の間の花を生けたり、たまには茶を立てたりした。

そうかと思うと、元田の机の傍の紙屑籠《かみくずかご》をあさって、反古《ほご》を調べた。それはまだよいが、女中のバスケットのなかから手紙を引っぱり出して、そわそわ読んだ。激しい雷雨が来て、北向きの女中部屋の障子を濡らしても、芳子は気がつかなかった。

間もなく、女中は自分からひまを取った。芳子に別れるのをしんから悲しんで、泣いて帰ったのに、後で芳子は女中のあらを数え立てた。芳子にもこんな意地の悪い眼があったのかと、元田はあきれた。

そして、里へ出すらしい芳子の手紙を見た時には、もう芳子の頭が狂っているとしか、元田は思えなかった。芳子は元田の机で書いていたらしく、書簡箋《しょかんせん》の綴《と》じたのが元田の目についたのだが、こんな手紙の書きさしを出しておくのからして、第一変だった。

芳子は姙娠の身だのに、毎日元田から虐待《ぎゃくたい》されて、到底いたたまれぬから、離婚したいという文面だった。元田は芳子が煙草を吹かしていた朝、一度なぐっただけなのに、始終打たれたり、蹴《け》られたりしているように書いてあった。里の両親に与える効果のために誇張したのか、被害妄想《もうそう》にかかっているのか、元田はちょっと判断もつかなかったが、とにかく一時、芳子を田舎へ引き取ってもらうよりしかたがなさそうだった。ここでは子供が産めないと、芳子は書いていた。

今度もやはり芳子の姉が迎えに来た。

先きに帰った女中が、いくらか様子をしらせていると見えて、姉は元田をあまり責めもしなかったが、

「女は子供が出来ると、人によっては、ずいぶんいたわってもらわないとね。初め

になにかあったんじゃありませんの？　元田さんも若過ぎるし、芳子も子供だから……。」

　と、笑いながら言った。

　芳子は離婚したいと書いたことも忘れて、子供の産れる時には、きっと来てほしいと、元田に繰り返して泣いた。化粧と着物はこれでいいかと、元田に見せに来て、手を握って放さなかった。元田はなにか自分ばかりが悪いとしか思えなくなった。芳子の髪は大分伸びたが、額の生え際《ぎわ》が前より少し薄いのを見た。

「おかしいわね。くりくり太ってるじゃないの？」

　と、芳子の姉も言った。

　芳子は元田に黙って、机の抽出《ひきだ》しのなかに、また「遺言状」を残して行った。不可解な女心が元田の胸にしみた。自分の着物や半襟《はんえり》まで、細かく書きつけてあった。この家に戻って来るつもりなのだろう。

　しかし、元田がいくら手紙を出しても、芳子の返事はなかった。元田の手紙はみな母親が取り上げて、芳子に見せないと、前にいた女中からしらせて来た。

　このまま別れさせられるのは、あまりに悪夢のような、短い結婚生活ではないかと、元田は自分を責めながら、なにに憤《いきどお》っていいのかわからなかった。夜なかにふと目を覚ましたりすると、芳子が今にも死にそうな、せつない愛情があふれた。

――ヨシコダンジアンザンオコシマツ
という電報を元田が受け取ったのは、もう秋も深い頃だった。

元田が産室へ入って行くと、芳子はにこっと笑って、瞬《まばた》きもしないで見ていたが、ふと後《おく》れ毛を耳へ掻《か》き上げると、急に気がついたようなしぐさで、赤ん坊に乳房をふくませた。

「お乳、よく出そうだね。」

「あんまり出ませんの。ミルクがいりますって……。」

と、芳子は静かに言った。なにごともなかったかのように、平和で幸福な顔で、それは洗われたように美しかった。

「あんまり小さい、可愛いお母さんで、おかしくって……。」

と言いながら、芳子の母も入って来た。

なるほど芳子はなにか小さくなったようで、また可憐な少女じみて見えた。

菊畑の向うの柿《かき》の実に夕月があたっていた。

「きれいですね。」

「ええ、今年は柿の成り番……。」

と、母も元田といっしょに柿を見た。

これでいいのかと、元田は奇怪だった。急には信じられぬようだった。

芳子を幾つもの人間に変えて、魔術師のように飜弄《ほんろう》したとも思える、新しい生きものは、あどけない猿みたいな恰好《かっこう》で、一度は死の淵《ふち》に臨ませ、一度は狂気の近くに追いつめた母の乳を、強い力で吸っていた。

ゆくひと

ダアンという地ひびきで、家も揺れ、窓ガラスがびりびり鳴った。

「やったあ！」

と、歓声をあげて、佐紀雄はヴェランダに飛び出した。

雑木林の庭で、雉子《きじ》がけたたましく高鳴きした。

この夏はじめて、浅間のかなり大きい爆発である。

火口から今突っ立ちあがったばかりの噴煙のなかには、花火のように火の色の飛ぶのが見えた。電光であろうか。火の石であろうか。

しかし、佐紀雄の父と母とは、静かに室内の椅子《いす》に坐《すわ》ったまま、噴火を眺《なが》めていた。ヴェランダに出なくとも、窓から浅間のよく見える部屋なのである。

軽井沢では、浅間の見えるか見えないかが、その地所を価値づける一つの条件にさえなっている。別荘の借手も訪問客も先《ま》ず挨拶《あいさつ》のように、浅間が見えると言う習わしである。

昔からのこの名山は、雲や霧に姿が見え隠れするばかりでなく、活火山で禿《は》げているために、かえって季節と時刻とにつれて、肌の色が絶えず変る。

佐紀雄の別荘は南向きの丘に立っているのだが、浅間の見える西側も斜面なので、西の方だけ雑木林を切り払ってある。そして西日をよけるために、楡《にれ》の大木をただ一本だけ残してある。

この楡の木は、あたりにさえぎるものもない一本立ちだから、思いのまま伸びた枝の尖《さき》がみな少し垂れるほど四方へひろがって、家より大きいかと思われる。細かい葉は人肌に感じない風にも揺れる。

子供のころの佐紀雄は夏毎《ごと》に、この大きい楡の木を、幸福の緑の傘とでもいう、童話風な気持でなつかしんだものであった。その幹の根元には籐《とう》椅子が出してあって、そこに腰かけることの好きな母に抱かれながら、葉裏にこぼれる空を眺めていたような、幼い記憶もあった。

また佐紀雄は小さい時から、浅間が噴火する度《たび》にヴェランダへ飛び出すというので、両親に笑われていた。どうしてそうするのか、自分でも分らなかった。

佐紀雄の家のヴェランダも浅間を見るために、南から西に廻っている。

楡の木は少し南寄りの西にある。浅間はその右、少し北寄りの西にある。

佐紀雄がヴェランダに飛び出すと、月夜であった。

月の光に遠く澄んでいながら、静かに厚みのある空に、噴煙が頭をもたげていた。

それは真黒な巨岩のかたまりを組み上げたようだ。地底の力瘤《ちからこぶ》を振り上げたようだ。爆発の直後は、これが煙とは思えない。恐ろしい力が凝結した固形体と見えるのだ。やがてこれが数千尺の高さに昇り、天を蔽《おお》い、何里も遠くに灰を降らせる、その勢いをこめて、言わば大地の砲口から出たばかりなのだ。このように大きい力を、形にして見ることの出来るのは、ほかにありそうもない。

しかも、嵐や津波とはちがって、力のかたまりとして、静かに眺められるのだ。浅間の噴火を写そうとする写真家は、爆発の瞬間や直後をとらえることを競うようだが、佐紀雄もそれと同じだった。

煙が伸び上ってしまったり、横にたなびいたり拡《ひろ》がったりしてしまってからでは、噴火を見た気がしないのである。もう緊迫はゆるみ、魅力は薄れている。噴煙のなかの稲妻《いなずま》のような火花もなくなる。

爆発の瞬間を見ると、むしろ恐怖を忘れて歓喜に打たれるが、煙が頭の上の空まで蔽って来る時分には、ただ恐怖ばかりが残る。

突然大自然の力にぶっつかって、その反動のように強くなった人間が、また弱くなってしまうのだと言えるかもしれない。

ダアンという音と共に飛び出したのだから、今夜の佐紀雄は理想的に噴火が見られるわけだった。

高原の月の空では、岩塊のような噴煙の重力的な感じが、なお強かった。無論まだ宵のことだから、多くの人が見ているにちがいない。しかし自分のほかには誰一人この噴火を見ていないかのような、大きい孤独が佐紀雄に迫って来る。寂寞《せきばく》とした無人の世界に、地霊の怒りが立ち上ったかと思える。

ふと氷原のような静かさである。

佐紀雄はヴェランダの円木柱を片腕に抱いて、瞬《まばた》きもせずに眺めていた。

噴煙は捩《ねじ》れ合い縺《もつ》れ合いながら、伸びあがってゆく。

むくむくうごめいているように見えるが、一秒に二十米《メートル》もの上昇速度なのだ。

一分間で千米の高さだ。

幸い風がないので、真直《まっす》ぐな雲の柱に立ち昇り、やがてその頭が茸《きのこ》か傘のように開いた。

そうして空にひろがり出した。

佐紀雄の真上の空にもかぶさって来た。

月は煙が西から流れるのと反対の東の空にあるので、噴煙の端と月光とが空で出会うところに、霧の帯のような薄明りが漂った。

厚い煙が崩《くず》れる、その鈍い光の雲から、なにか恐怖が降って来るように、佐紀雄は感じた。

ちょうどその時、弘子の手が軽く佐紀雄の肩に触れた。

その女の匂《にお》いを、ふと佐紀雄は噴火の匂いかと思った。

それほど佐紀雄は自分の心を開け放して噴火を眺めていたのだった。

弘子の体臭も、ずっと腹の底まで吸いこんだような気がして、佐紀雄はびっくりした。肩がふるえた。

「こわいわね。」

と、弘子は言って、こころもち寄り添って来た。

「ううん、こわくないさ。」

佐紀雄は自分の声がうわずって聞えたので、下を向いた。

雉子《きじ》が高鳴きしたあたりの雑木林は、広い葉の繁《しげ》みから、月の光がわずかにこぼれているものの、土は暗かった。

佐紀雄はまた空を見上げた。

「こわいわね。」

と、弘子はまたささやいた。

黒い煙の雲は、不吉な幕のように月光をさえぎって、もう垂れさがりはじめた。

「こわくないさ。」

と、佐紀雄は不愛想に答えた。

「そう？　佐紀雄さんは噴火を見るのが好きなんですって？」

「好きってわけじゃありませんよ。」

「あら。だって、今お母さまがそうおっしゃってよ。また、飛び出した、おかしな子ですよって、笑ってらしてよ。」

弘子は子供に言う時のように言った。しかし、愛する人に言う時のような声だった。

弘子も噴煙に心を奪われ、そして自分でそれと気がつかない程度の恐怖は、弘子をなまめかしくしていた。

佐紀雄は黙っていた。

弘子の声の娘らしい甘さが、佐紀雄の胸にしみた。不意に悲しくなった。小さい時のことが、なにか思い出されて来そうだった。

弘子は佐紀雄の肩へ置いた指で合図するように、

「なかへ入りましょうよ。」

「ええ。」

佐紀雄は動かなかった。

「いつまでこうして見てるの？　相当物好きね。」

しかし、弘子もそのまま落ちついてしまって、

「佐紀雄さんのお母さま、ずいぶんいけない方よ。」

と、ちょっと笑った。

「あたしをしばらく見てらっしゃると思ったら、よく日に灼《や》けてって感嘆なさるようにおっしゃるの。お母さんがいらしたら、今年はテニスなんぞおさせにならないでしようねって、おっしゃるの。あたしのお母さんのことよ。それであたし立って来ちゃったの。悪いことを言ったという風に、はっとなさったけれど……。あたし、立って来て悪かったわ。きまりが悪いから、いっしょにお部屋へ入って頂戴《ちょうだい》。」

「お母さまはいつなくなったの？」

「お母さま？」

と、弘子は佐紀雄の肩に置いた指で答えるように、

「あたしの七つの時よ。小学校へ入った年。あたし早生れだから。」

佐紀雄は弘子の指のやわらかさまでが、じかに感じられた。そこが熱いようだ。

また、夏の肌着の上にワイシャツを着ただけなので、自分の肩の骨が弘子の指に触

れているだろうと思うと、頬《ほお》がほてって来た。

「あたしのお話、佐紀雄さんのお父さまやお母さまに、そんなに意外なことかしら?」

と、弘子はひとりごとのように言った。

佐紀雄は答えなかった。答えようがなく、また答えるには少年らしい羞恥《しゅうち》を押し切らねばならなかった。

「よほどびっくりなすったようよ。お話に来るんじゃなかったかしら?」

佐紀雄はやはり黙っていたが、なにかしら弘子に対して微《かす》かな憤《いきどお》りが起きそうになった時、ぱんぱんぱんという音が、トタン屋根を叩《たた》いた。大粒の雹《ひょう》が降るようだが、雹よりはさびしく虚《むな》しい音だ。

「あら、あら。」

弘子は怯《おび》えて、佐紀雄の肩を抱いた。

「まあ、いやだわ、たいへんよ。」

音は急に多くなった。屋根を小石がころがった。雑木林の葉も叩いた。

「危いわ、佐紀雄さん。」

と、弘子がうしろへひこうとするのに、佐紀雄はさからって、

「ううん、大丈夫。ちょっと大きい火山砂だな?」

「砂？　砂じゃないわ、石よ。」

「ううん、これくらいのはまだ火山砂って言うんですよ。三ミリより小さいのは火山砂ですよ。」

「まあ！」

弘子はあきれたようだった。

屋根にも、林にも、あわただしい不安が迫って来た。落ちる音が不揃《ふぞろ》いなので、なお不気味だった。

弘子は体がすくんで固くなった。

「佐紀雄、佐紀雄。」

と、母の呼ぶ声が聞えた。

「佐紀雄さんっ！」

と、弘子は顫《ふる》えるように言うと、もう一方の腕を佐紀雄の肩にかけて、うしろへ倒すように、

「だめよ、ほんとよ。」

「いいですよ。」

と、佐紀雄は強く振り放した。

「まあ！」

弘子はよろめきながら、

「おかしな人。」

そして、少し離れて、佐紀雄の顔を見た。

「あら、佐紀雄さん！　泣いてんの？　どうしたの。」

そう言われて瞬いた拍子に、佐紀雄の涙はとめどを失って頬に流れた。

弘子はまた佐紀雄の肩に手をかけて、

「どうしたの？　ごめんなさい。あたしが悪かった？」

「そうじゃないです。」

「なにが悲しいの？」

「悲しくない。」

「どうしたのよ。」

佐紀雄は自分にもわからなかった。泣きそうになっていたことさえ知らなかった。小石が屋根に降る音を聞いたとたんに、なにかの支えがほっと失われたのだろうか。

佐紀雄が眼に涙をためていたのは、弘子にも余りに思いがけないことで、なにかただ少年の純粋なものが伝わって来るだけだった。

しかし、それは十五六の男の子の厭《いや》なわがままから出たものという気もする。

少し重荷に感じながら、弘子は佐紀雄に寄り添って立っていた。

「灰が降って来た。」

と、佐紀雄が言った。

木の葉にさあっと静かな音で降りはじめていた。

小石の音はもうまばらになっていた。

「そうね。灰が降って来たわね。もう大丈夫ね。」

「ええ。」

「佐紀雄さんの方も、もう大丈夫？」

それには答えないで、

「遠くまで降ってるだろうな。」

と、佐紀雄は空を見上げた。

灰色の重たい霧のように濁って、月夜なのが却《かえ》って厭な薄暗さだが、林に灰の降る音は、二人とも耳をすまして聞いた。

「さらさらといいわね。」

と、弘子は小声に言って、佐紀雄の顔をのぞきこみながら、

「さあ、あたし帰ろう。もう泣かないでしょう。」

佐紀雄は黙っていた。

弘子は窓の外から、佐紀雄の父母にあいさつをした。

母がヴェランダへ出て来て、灰が降り止《や》んでからと、しきりに引き止めていると、

「お母さん、蝙蝠傘《こうもりがさ》。」

と、佐紀雄が言った。

「そうだね。」

と、母は女中を呼んで傘を出させた。

「お母さん、もう一本ですよ。」

「ああ。佐紀雄、お前、お送りしなさい。」

「いいえ、よろしいんですの、大丈夫ですわ、おばさま。」

と、弘子は言いながら、雑木林の庭へ出て、丘を下りて行った。

佐紀雄が後を追った。

その足音を聞いて、弘子は大きい胡桃《くるみ》の木の下で待っていた。

「ありがとう。町までね。」

と、弘子は傘を佐紀雄にさしかけて、

「傘は、いらないようよ。」

「僕が持ちます。」

「いいわ。」

「持ちますよ。」

「そう？」

弘子は佐紀雄に傘を渡した。

「去年の夏、大きい爆発があった時ね、この蝙蝠傘を逆様《さかさま》にして、庭へ出しといたんですよ。」

「灰を受けといたの？」

「そう。バケツに三分の一くらい灰がたまったかな。」

話しながら歩いているうちに、弘子はまた佐紀雄の肩を軽く抱いていた。

一つの傘では、その方が歩きよかったけれど、佐紀雄は黙りこんでしまった。

弘子はやさしく、

「どうしたの？　また悲しくなったの？」

林の小路から橋を渡ると、広い道にはぼんやり月の光があった。

「弘子さんはどうしてお嫁に行くの？」

と、佐紀雄が早口に言った。

弘子はぎくっとしたが、明るく笑い出して、

「あら、あたしがお嫁にいったら不思議なの？」

「よく知らない人のところへさ。」

と、佐紀雄は吐き棄《す》てるように言うと、声を顫《ふる》わせて続けた。

「弘子さんを好きな人は沢山いるのに……。僕知ってますよ。」

「よく知らない人のところへね。」

弘子は歌うように鸚鵡《おうむ》返しして、

「そういうものよ。」

「僕はそれが不思議でたまらないんです。」

と、佐紀雄は怒るように言うと、肩をすぼめて弘子の手をはずした。

結婚するという人が、なにげなく自分の肩を抱いていてくれることは、佐紀雄は許せないように思えた。

年の暮

一

亡《な》き友の妻いづこならん年の暮

加島泉太は俳句らしいものをつぶやいた。別段俳句をよもうとしたわけではない。その時思っていたことが、自然と口に出たのである。

泉太はひとの俳句をあまり読んだことがない。自分で作ることは尚更《なおさら》ない。だから、これが俳句になっているのか、なっていないのか、判断がつかなかった。

「いづこ」がよいのか、「いづく」がよいのか、「いづち」がよいのかも、迷ってしまった。ただ、はじめに「いづこ」とつぶやいたのであったし、また、その方が「いづく」や「いづち」よりも現代の口語に近くて、気取りが少いように思った。

泉太はこの句を色紙へ落書して、「いづこ」の横へ、「いづく」と「いづち」と、つまり三つ並べて書いてみて、

「これ、どれがいい。」

と、娘の泰子に見せた。

泰子は色紙を受け取ると、ちょっと父の顔をながめて、それからまた色紙に目を落

しながら、

「亡き友の妻いづこならん年の暮。」

と、小声で読んだ。

「いづくならん……。いづちならん……。」

「もう一度読んでみてくれないか？」

「もう一度……？　亡き友の妻いづこならん年の暮。亡き友の妻いづくならん年の暮。亡き友の妻いづちならん年の暮。」

泉太は目を閉じて聞いていた。

そのまま、しばらく黙っていた。

「どれがよろしいんですの？」

と、今度は泰子が促すように言った。

「ふむ？」

しかしもう泉太には、三つの言葉など、どうでもいいのだった。もともと俳句は大した問題でなかった。実は娘の声が聞きたいのだった。

泰子が一週間ほど前に、嫁入先から戻って来た時、泉太は娘の声を聞いて、「ああ」と思うものがあった。その思いはちょっと説明しにくかった。

八九ヶ月前までは朝夕に聞きなれた声、泉太の家にいつもあるはずの声――その娘の声を久しぶりに聞いて、泉太はなにか目が覚めたようだった。血をわけた者に出会うなつかしさというよりも、もっと自分の思いだった。自分のうちに不断ありながら、しばらく埋もれていたものが、ぱっと花を開いたかのようだった。喜ばしい驚きだった。

ほんとうは喜べるどころの騒ぎではなかった。泰子は夫と別れるつもりで、里へ逃げて帰ったのである。

無論泉太は父親として困惑した。

にもかかわらず、娘の声を聞いて、「ああ」と思ったのは、生理的なものであった。泰子は頰《ほお》の肉が落ちて、白眼が青みがかっていた。下瞼《したまぶた》がぴくぴく顫《ふる》えていた。笑い顔は嫁入前とそう変るわけもないが、つとめて微笑《ほほえ》む時、白い歯がこちらの眼にしみて、いじらしくてならなかった。

泉太はなるべく娘を見ないことにしているほどだった。

にもかかわらず、娘の声は泉太を喜ばせたのである。自分でそれと気がつかないで、かつえていたものが、満されたようでもあった。

もっとも、娘の声をこういう風に感じたのは、今が初めてではなかった。嫁入りしてから、自働電話をかけてよこした時にも感じた。

娘の声を聞いて、「おや」と思った泉太は、用もないことをたずねて話をひっぱった。

「五銭玉を一つ握って来ただけですから、切ってもいい？」

と、泰子は言った。

「用意の悪い奴《やつ》だな。二つ三つ持ってるのが当然だ。」

「あらあ……。はい。お父さま……。」

電話は切れた。

泉太は微笑が浮んで来た。

ふと、妻の若い時の声を思い出した。

なにかあわてて、にがい顔をした。

自分の娘によって、女房の若い時を思い出すなんて、年甲斐《としがい》もない。しかし、そればかりではなかった。

泰子は母親の綱子によく似ている。声も似ている。その二人と暮していた泉太は、そうむしろ二人の似ていないところを捜したいくらいで、他人からそう言われると、そうかなと思いながら、それがあまりに度々《たびたび》なので、いくらか不愉快だったものだ。照れくさくもあった。

声の似ていることは、泉太も十分認めていた。

綱子は年より若い方だが、特に声は四十を過ぎても一向ふけないのである。不自然なほどである。襖《ふすま》越しに聞くと、泰子のきょうだいのようだと、他人にも言われた。

綱子の若い声が、泉太はきまりの悪い時もあった。

だから、泰子の声を自働電話で聞いて、綱子の昔の声を思い出すのに、不思議はないわけだった。しかし、泰子がうちにいた頃には、そういうことはなかった。全然ないとは言えないかもしれない。あるいは常に、若い綱子の面影を泰子の上に見ていたのかもしれない。としても、それは不断着のようなもので、電話の場合は外出着のようなものだった。

一人娘の泰子が嫁に行ってから、泉太が年頃の娘を見る目は、いくらかちがって来ていた。

街を歩いている時など、娘の後姿にはっとして、

「おい、あれ、泰子じゃないか。」

と、足を早めることがあった。

「ちがいますよ。ちがいますよ。」

綱子はきっぱりと言う。

泉太はぺしゃんとするが、意地を張って、娘を追っかける。不服そうについて来た綱子は、

「いやね、わかってるじゃありませんか。」

「しかし、いいお嬢さんだね。」

「そうね。」

と、綱子は気がなさそうに、

「いいお嬢さんだって、うちの明男の嫁にはならないし……。どうかしてらっしゃるわ。」

「女って奴は薄情だ。」

「あなたこそ、あきらめが悪い。そんなに惜しければ、なにもお嫁にやらなければいいのに……。」

「惜しいとは言ってやしない。」

全く女親の方があきらめがいいようだった。娘が自分を離れたものとして、今は嫁入先での幸福をねがう、言わば現実的だった。

泉太の方はなにか不確かで、空想的に娘の後を追う未練がたちきれなかった。

街でよその娘に出会って、こんないい娘もまた嫁入りしてしまうのかと思ったりした。

自分の娘を思い出すから、よその娘が目につくのだろうが、しかし、そればかりではなかった。

このような娘の恋愛の相手に、自分だってなれないことはないのだと、年甲斐もなく、さもしい根性が頭をもたげた。

泰子への未練の変形かもしれない。

でもまた、娘を嫁にやると、泉太はなにかほっと解放された感じがした。軽くなったようだ。しかし、頼りどころがなくなったようだ。広い目でよその娘を見る。若い女との恋愛を思ったりする。

青春の匂《にお》いが、ほのかにかえって来たかのようだ。

娘の電話の声で、古女房の若い時を思い出したりするのも、そのためかもしれない。

これは、娘を嫁にやった父親一般の心理なのだろうか。

あるいは、泉太が芸術家であるゆえの特殊な心理なのだろうか。

戯曲家の泉太は、泰子がまだ家にいたころ、自作のなかの若い女のせりふを、朗読させてみたこともあった。言いにくいところは書き直したものだ。また、若い女の新しい言葉づかいを、娘に聞いて書いたこともあった。

俳句を読ませながら、泉太はそんなことも思い出した。

それらの作中人物は、今、実在の人間として、どこかに生きているように感じられて来る。

それも、久しぶりに聞く、わが娘の声の力だった。

二

泉太は新しい色紙に、もう一度俳句を書いてみた。

やはり「いづこ」と書いたが、「いづく」にしたところで、「いづち」にしたところで、句になっていないような気がして来た。

「妻いづこならん」という言葉は、変に硬《かた》い。「年の暮」とは、月並だ。落ちついて眺《なが》めると、句そのものが厭味《いやみ》たっぷりではないか。また、毛筆の字は下手に気取っていて、あさましい。

なれないことはせぬものだと、泉太は厭気がさした。

第一、このような句では、売物にならない。

泉太は新聞社のために色紙を書いているのだった。新聞社では年の暮に、名士の色紙や短冊《たんざく》の即売会を百貨店に催して、売上で喜捨をするのが、例年のことだった。貧しい人達に正月の餅《もち》などを配る。泉太が色紙を寄附するのも、長年の習わしだった。

亡き友の妻いづこならん年の暮

というように不吉な句では、買う人もあるまい。

もっとも、一枚か二枚書けばいいところを、新聞社からは余分の色紙を送って来ていて、俳句は落書に過ぎなかった。

この句の「亡き友」というのも複数、従って無論、「妻」というのも複数であったが、泉太は一人の女をめあてに、これを書いたのだった。

その女は、言わば愛読者で、大方十年の間、泉太の色紙を買い続けて来てくれたひとだった。

泉太の色紙を初めて手に入れたという手紙をよこした時、その女は自分のことを女学生だと書いてあったので、泉太は少しくすぐったい妙な気持がした。会場で買う時にも胸がどきどきし、うちへ帰って色紙を眺めても、やはり胸がどきどきすると、少女らしく書いてあった。

泉太は返事を出さなかった。

次の年の暮に、また泉太の色紙を買ったという手紙が来た。売れていたらどうしようと思って、会場が開く前から入口で待ちかまえていたのだそうだ。そんなにしなくとも、泉太の色紙がほしければ、いくらだって書いてあげると、今度は泉太も返事を出した。木曾千代子という、その女の名を覚えた。

あくる年の春、千代子は女学校を卒業したと言って来た。

その年、つまり三年目の暮にも、千代子は泉太の色紙を買ったと、手紙をよこした。千代子は手紙の上で、遊びに来たいと書きながら、なかなか来なかった。

とうとう来たのは夏のことで、小千谷《おぢや》の縮《ちぢみ》を涼しげに着て、あざみの花のある帯をしめていた。それは少し地味だが、いかにも小柄で、可憐《かれん》な娘だった。

泉太はなにかたばかられたような気がした。こんな小娘が自分の戯曲の愛読者だとは、全く意外だった。気抜けがした。

「僕のものなんか読むの、およしなさい。」

と、泉太はつっけんどんに言った。

「どうしてですの?」

「よくありませんよ、あなたのために……。」

「あら、でも、読むのはあたしの自由ですもの。」

「自由……? しかし、僕は真面目《まじめ》に、ほんとうのことを言ってるんだ。」

と、力んでみても、おかしい。作品を世に出した以上、誰が読もうと自由である。しかし、泉太は自分の作品が、世の多くの人のためになるとは、簡単には信じられない。そういう風な道徳的の苛責《かしゃく》がなくもなかった。日頃のそれが、読者の一人の姿の現われ、千代子を目《ま》のあたりに見て、つい爆発したのだった。

泉太の戯曲は、陰鬱《いんうつ》で、残忍である。

「あなたは人殺しが好きなんですか。」

と、泉太は吐き出すように言って笑った。

千代子はとまどって、泉太の顔を見たが、

「先生はお好きですの？」

と、問い返して微笑《ほほえ》んだ。

長い睫《まつげ》も可愛《かわい》く微笑んでいるように見える。瞼《まぶた》のよく動く円顔である。

泉太の戯曲には殺人が多い。無論、殺人に興味があるわけではない。人間の最大の罪悪として憎んでいる。

その最大の罪悪を描いて、それとは逆の、人間の最高の美徳にあこがれる心を出そうとするのが、泉太の目的であった。

だから悪人は登場しない。

泉太の戯曲が稀《まれ》に新劇団などで上演された時も、善人として解釈された。しかし、殺人者に扮《ふん》する俳優が、この役の人物は善人だという先入感で演技するのも、実は泉太は不服なのだった。自分は善人だけれども、余儀ない事情で、また、ふとしたはずみの衝動で、あるいはまた、魂を失った狂気で、殺人をするなどというのは、天を冒《ぼう》瀆《とく》することだ。大体、自分を善人だなどと考えるのからして、浅薄ではないか。演技が皮相に流れる。

泉太は他人を善人だと思うことはあっても、自分自身は得体の知れぬ人間だと思っていた。

しかし、泉太には悪人が書けなかった。書く力がないと言うべきだった。根が大甘《おおあま》に生れつき、五十近くなっても児女の情から抜け切れぬ泉太は、自分に挑戦するつもりで、人物を残忍に扱い、悪徳を書いているところもあった。世間の美俗に安んじていては、泉太のような足弱の男は、芸術の嶮《けわ》しい峰に到底登れぬのだった。

泉太は作中人物を鞭打《むちう》ちながら、自分を鞭打っているつもりだった。あるいは、その関係が逆だった。

泉太を冷酷な作家だという批評家があった。その種の批評に出会うとき、泉太は自分のうちの温《あたた》かい目で、芸術の遠い行手を眺めるのだった。

また、厭悪《えんお》をこめて書いたはずの作品を、愛情をこめて書いていると、批評されることもあった。そうかなあと、泉太は意外な顔をしながら、うれしくないことはなかったが、自分の愛も憎みも弱い半端《はんぱ》なのが、忽《たちま》ち省みられて、ひしひしと胸に迫り、やはり慰まぬのだった。

でも無論、自作や自作中の人物への愛情は、人に知られたくない片恋のように、ひそかに通《かよ》っているにはちがいなかった。

泉太は、境遇も、性格も、なるべく自分と離れた人物を登場させる習わしだった。いわゆる私小説風な戯曲は書いたためしがなかった。すべての作中人物は作者の分身だという考え方は別として、泉太は自身の小さい生活を悲しみ叫ぶかのように、強い生活の男女を扱った。

なので、泉太の貧弱な暮し振りに似合わず、また陰鬱な作風にかかわらず、泉太の戯曲は極彩色じみて絢爛《けんらん》だった。筋の起伏も目まぐるしく、人物の運命も大がかりだった。多少の読者と観客とがついている所以《ゆえん》かもしれない。

その一見どぎつい芝居を、出来るだけ静かに演じてもらいたいのが、泉太の望みだった。せりふの大部分は、大声を張り上げにくいように書いてあるほどだ。

ともかくしかし、泉太の戯曲の読者として、千代子はふさわしくない姿だった。

では、どういう人間がふさわしいかと問われたら、泉太は答えに窮するし、自作を誰にも読まれたくないという矛盾が、いつも泉太のなかにあるのだけれども、千代子は特にふさわしくないと思われた。

泉太は千代子と対坐《たいざ》しているのにも、恰好《かっこう》がつかなかった。

こんな小娘には、自作は毒汁を注ぎかけるだけのものだという気がした。しかも、その毒汁は、こんな可憐な小娘に、どうしみこむのか、見当もつかなかった。

泉太の娘の泰子は、その頃まだ小学生に過ぎなかったが、

「自分の娘が年頃になって来たら、おかしな芝居も書けないだろうね？」

と、泉太は妻に言って、苦笑することもあった。もう泰子は手当り次第に小説などを読み漁《あさ》っていた。読ませておくのがいいか、禁じるのがいいか、泉太は自信のある判断はつきかねた。どうしても家中にそういう本が散らばり勝ちで、今更禁じるのは不可能に近かった。泰子の濫読《らんどく》を泉太は見て見ぬ振りで通した。文士仲間の会でその話をして、友人の子供の様子や、親としての意見を聞いてみた。娘が作家志望になったりしたら困ると思った。また、自分の作品が娘に読まれることを、親として考えながら書かねばならぬのか。今まで女房に読まれて平然としていたのも、あるいは奇怪

なことだと気がついた。泰子が泉太のものを読んでいるところへ入って行くと、泉太はあわてて部屋を出た。もう泰子も赤い顔をしたりする。陰鬱で残忍な作者としての父を発見して、幼い泰子はどう思っているのだろう。

泉太は自分の経て来た道を、愕然《がくぜん》と虚《うつ》ろに感じるのだった。自分の書いた悲劇などは、案山子《かがし》が舞台で肩肘《かたひじ》張って、破れ衣の袖《そで》を振りながら踊っているに過ぎない。案山子は作者の姿である。客がいると思った見物席には、蕭々《しょうしょう》と野分《のわき》が吹いているだけだ。

「野分が吹いているだけか。」

と、泉太はつぶやきながら、その野分の吹く真似事《まねごと》であるかのように、一つ床のなかの泰子の額の毛をふうふう吹いた。

弟の明男が生れてから、泰子は父に抱かれて寝るようになった。その添寝の習わしがまだつづいている。

泰子のお河童《かっぱ》の毛は、泉太に吹かれて、ふうと立ち上り、また倒れた。しまいには二つに分れて、額が出た。

娘の額の毛を吹く父の小さく温かい息を、この哀れな作家は、人生の荒野を吹く野分であるかのように思っている。野心たっぷりの泉太の仕事も、そんなものだった。

泰子はよく眠っていた。

泉太はいつまでも吹いていた。

「なにしてらっしゃるのよ？　お止《よ》しになったら……？」

と、隣りの寝床から綱子は言った。

「うん。この子はお嫁入りしても、パジャマを着て寝るのかねえ？」

「馬鹿《ばか》ねえ。」

「パジャマでないと、胸があいて風邪《かぜ》をひくなんて、悪い癖をつけたもんだ。」

自分がこの世に生んだ生き身は、二人の子供だけで、戯曲などは死物だと、泉太は思った。

自分の娘に読ませるものを書きたいと考えたが、なぜか悲しくてならなかった。

泰子の場合とよその娘の千代子の場合とはちがう。千代子の場合は、悲しくはならなかった。

しかし、自作で娘を毒したくないのは同じだった。

つつしみなく言えるものならば、

「僕の戯曲なんて、どこがいいんです。あなたの存在の方が、どれだけいいかしれやしない。」

と、泉太は妙なことを口走るところだった。
人間のことだから、千代子のうちにも、どんな悪魔が住んでいぬとも限らない。そ
いつが赤い舌をぺろぺろ出して、泉太の戯曲をなめているのかもしれない。
また、可憐な娘なので、却《かえ》って憎ったらしい作品を読むのかもしれない。
泉太が肩を怒らせて書くのと同じように、千代子も自分にふさわしくない戯曲が好
きなのだろうか。
千代子は袖が少し突っ張るほど、麻の縮《ちぢみ》をしゃきっと着ていた。泉太が暑がって汗
を拭《ふ》いているのに、千代子は汗ばみもせぬらしい。
花の蕾《つぼみ》のような、念入りの小さい細工物のような、脣《くちびる》が目立った。顔の道具の一つ
にはちがいないが脣だけが、浮き出て見えもした。ちょうど、花の木に初めての蕾を
一つ見つけたときのような感じだった。そして、かいなのなかに寄せすくめられそう
に小柄で、円っこい娘だった。
「まあ？　あれで女学校を出てらっしゃるの？」
と、後姿を見送りながら、綱子もあきれた。
「ずいぶん地味な帯ね。」
「ああいう人が、娘らしいものを着たら、あんまりおもちゃみたいでおかしいんだろ

う。」

「そうかもしれませんわね。」

それから二三度来るうちに、綱子も千代子を可愛いひととして好きになった。

泉太はついうっかり千代子の脣を見ていることがあった。

四年目の年の暮にも、千代子はまた泉太の色紙を買った。五年目にも買った。泉太はむしろ気の毒で、あなたはもう家へ来るのだから、欲しいだけ書いてあげると言うと、

「でも、買わないとさびしいですわ。毎年あたしの買う先生の色紙が、会場であたしを待ってるんですもの。」

と、千代子は答えた。

泉太には、やさしい言葉と聞えた。

五度目の色紙を買って間もなく、千代子は母親と連れ立って来た。結婚するのだという。泉太は不意に足をさらわれたようだった。

年頃の娘がいつ結婚したって、なんの不思議はないものの、泉太は意外だった。

そう聞いた時の、自分のさびしさも意外だった。

千代子は恥かしくて言えないので、いっしょに行ってくれとせがむし、娘が長いこ

とお世話になった御挨拶《ごあいさつ》も兼ねてと、母親が話すあいだ、千代子は下うつ向いて、あの睫《まつげ》まで微笑《ほほえ》ませながら、少し頬を染めた。でも、あまりはにかんでもいなかった。うれしそうだった。

「もう色紙も買ってもらえませんね。」

と、泉太は言った。

「あら？　どうしてですの？」

千代子は顔を上げて、泉太を見つめた。

「買わせていただきますわ。」

「いや、もう買わんで下さい。そのかわり、お別れになにか書きましょうか。」

これもどこかの新聞社から預っている唐紙に、

朝聞道夕死可矣《あしたにみちをきかばゆうべにしすともかなり》

と、泉太は書いた。

「論語ですよ。」

千代子はうなずいて、

「これ、女学校の漢文で習いましたわ。」

大きい字は書いたことがないので、尚更拙《なおさらつたな》かった。見ていると、情なくなった。

大きい字が強く書ける暮しをしていないのだ。

しばらく黙っていてから、泉太は吃《ども》るように、

「そのね、聞レ道《みちをきかば》というところに、愛レ夫《おっとをあいさば》と書いてあるのだと思って下さい。まさか、愛レ夫とは書けないから……。」

「まあ。」

千代子はぽかんとした。

「まあ、そうでございますか。千代子、いいお言葉を頂戴《ちょうだい》して……。」

と、母親は相槌《あいづち》を打った。

しかし、泉太はその言葉に、自分自身の悔恨を現わしもしたのだった。

つまり、朝に千代子を愛することが出来たならば、その夕に死んでもいいという覚悟で、千代子とつきあって来なかった悔恨だった。千代子が結婚すると聞いて、今更驚く不覚を現わしたのだった。

泉太の生涯は、こういう悔恨の連続であり、堆積《たいせき》だった。

その悔恨が雪のように降り積って、冷たく凍りついた野、枯葉のように降り積って、腐っている林が、泉太の心の世界だった。

その時出会うものをせいいっぱい愛し、その日その日をせいいっぱい生きて、悔い

を残すことのないのが、泉太の願いでありながら、時を虚《むな》しく流れさせた。

この論語の言葉には、泉太の実感があった。それは多年の経験と悔恨とから生れて来たものだった。

「人には会っている時に、出来るだけ親切にするんだ。いつ別れるかもしれないし、二度と会わないかもしれない。」

と、泉太は妻にも言い聞かせた。

平凡なことながら、泉太の過ぎた日々の嘆きが入っていた。

そして、この平凡なことが容易に行えるものでなかった。

千代子を愛するというとおだやかでないが、それは心のことで、つまり、千代子といい加減につき合って来た年月、泉太は十分に生きていなかったのだった。

「結婚なさるというのに、死の字があって、不吉なようですが、覚悟を現わした言葉ですからね。せいいっぱい、心いっぱいという……。後悔しないように生きるという……。」

と、泉太は言った。

そのように千代子が夫を愛することを望むほかに、今はもう泉太はしかたがなかった。

そして、千代子もまた泉太に愛を教えて行ったことになる。愛を惜しむなという愛を強めて、別れて行ったことになる。

六年目の暮に、泉太は色紙を書くのに気がすすまなかった。千代子という買い手を失ったのは、妙にさびしいものだった。

しかし、やはり千代子が買ってくれた。七年目も買ってくれた。

そのあくる年、千代子の夫は戦死した。子供が一人生れていた。

やがて、千代子は泉太に手紙もよこさなくなった。消息は絶えた。

年の暮の色紙を、まだ千代子が買ってくれているかどうかも、泉太にはわからなくなった。

けれども、暮の色紙を書く時に、泉太が千代子を思い出すのは、当然だった。

　亡き友の妻いづこならん年の暮

という色紙を、もし新聞社に送って、会場で千代子の目についたら、どう思うだろうか。

千代子の夫は、泉太の「亡き友」というほどではない。千代子に連れられて、二三度泉太の家へ来ただけである。

泉太は千代子を思い出すことから、自分の「亡き友の妻」のことを幾人か思い出したのだった。

今はどこにいるか、行方《ゆくえ》さえわからぬ「亡き友の妻」も少くない。茫々《ぼうぼう》とした人生の思いが、泉太の胸を流れた。

解説

高見 順

昭和十二年から十三年にかけて川端康成氏は『婦人公論』に長編『牧歌』を執筆した。しかしこの「信州見聞記風な長編小説」(と氏は改造社版の『川端康成選集』第九巻のあとがきで書いている)は「序の口までしか書けなかった」。それから一年半ほど経《た》って、昭和十五年に、氏は『婦人公論』のためにまた連載の筆を取った。だがそれは『牧歌』の続稿ではなかった。

『牧歌』は未完のまま今日に至っている。昭和十五年の正月号から連載されたものは、毎月それぞれ独立した短編であった。中途で休載の月もあったが、『母の初恋』に始まる九編がこうして書かれた。翌十六年にその九編は『愛する人達』という題の下に、単行本として新潮社から出版された。そのとき、著者は満洲《まんしゅう》を旅行中であった。

この『愛する人達』は太平洋戦争勃発《ぼっぱつ》の日に、はしなくもその初版が出されたのだが、その頃の多くの作家の多くの小説集のように硝煙の臭《にお》いが作品のなかに立ちこめているということが一向に無い。それどころか『燕《つばめ》の童女』の主人公は汽車のなかで「眼の青い、髪の赤い」混血児を見て「世界中の人種が雑婚の平和な時代」はいつ来るであろうかといった感慨を抱《いだ》いている。平和否定の声が荒々しく叫ばれていたときに当って、「平和な時代」に想《おも》いをいたす作家は稀《まれ》であった。——こうした『愛する人達』は、終戦直後、新潮社からその重版が出されたが、戦争中の小説集が終戦直後そのままの形で出版し得たということも稀な事柄に属するのであった。

新潮社版『川端康成全集』第十一巻(所謂《いわゆる》「掌《てのひら》の小説」を集めた巻)のあとがきのなかに、次のような言葉がある。「私は作品を月にしたがい種類に分って集めることを、これまでは出来るだけ避けて来た。掌の小説集などは殊《こと》に面倒なのもいとわずに、五冊とも作品の配列に工夫をこらしたのであった。評家に捕捉《ほそく》されるのを嫌《きら》ったからでもあったが、読者になるべく変化を味わってほしいためでもあった。」

川端さんの小説は、小説自身がまた「評家に捕捉されるのを嫌っている」風が強く、まことにそれは評家にとって捕捉し難い小説である。いわんや解説のごときを試みようとする者には実ににが手の、解説し難《にく》い小説である。

解説が困難だというのは、下手な解説など何の役にも立たぬというだけのことではないのだ。下手な解説は、小説の鑑賞にとって却《かえ》って有害だということである。絵画美を解説する困難さと事情が似ている。解説を俟《ま》って鑑賞の完璧《かんぺき》が期せられるというような芸術は（絵画でも文学でも）未《いま》だ完璧の芸術とすることはできない。

『愛する人達』の諸短編は、評家にとって捕捉し難い小説というものの実例のごとき観を呈している。それらは作者によって、作品の配列に当って何の工夫もこらされている訳ではなく、雑誌に書いた順にそのまま並べられたものであるにも拘《かかわ》らず、それらは強く「評家に捕捉されるのを嫌っている」。そうしてそれらは同時に興趣深い「変化」を読者に味《あじわ》わせてくれる。短い期間に連続して書かれたものとは思えないほどの「変化」に富んでいる。『愛する人達』という題名が示している如《ごと》く、いずれも愛情を描いている点でその諸短編は一貫したものを持ちながら、しかも取材の上に想念の上に更に手法の上にも百花撩乱《りょうらん》ともいうべき「変化」を見せている。作者の豊《ほう》饒《じょう》な才能が偲《しの》ばれる。そしてそれぞれ、どれを読んでも面白い。いい小説ばかりだ。いい画に対しては、所詮《しょせん》その感慨を、いい画だと言う以外に言いあらわしようが無いが、それと同じく、いい小説だとただ感嘆するほかは無い。

川端康成氏は、執筆の雑誌によって調子を下げて書くなどということは決してしない作家である。しかし、意識的にそういうことはしなくても、場所によってはいくらか気持を楽にして書くということはあったのではないか。これはあくまで私の臆断《おくだん》にすぎないが、そんなことを私は考える。というのは、明らかにそういう風に感じられる作品があるからというのでなく、婦人雑誌などに書かれたものに、案外にいい小説があるからである。婦人雑誌を私は何も小説の発表舞台として低いもののようにおとしめるのではなく、アラ探しに血眼に成っている世の評家のその眼の外に一応置かれている安全地帯だという意味であり、そういう場所の例としての婦人雑誌を挙げたのであるが、そういう場所に書かれたものに、いい小説があるというのは、或《あるい》は、作者が気持を楽にして書いたからではないかという風に考えるのである。

気持を楽にして書くと、だらけたつまらない小説が生れる場合が多く、そういう作家が普通であるときに、川端さんの場合は、気持を楽にしたときに案外、氏の稟質《ひんしつ》が束縛や掣肘《せいちゅう》なしに、無意識に作品にそそぎこまれ、美しい小説が生み出されている。という風に私には見える。それは、力作感を充実させた小説と変らない、いや、ひょっとするとそれよりも美しい小説のように私に見られる。ひとえに作者のすぐれた稟質の故《ゆえ》であり、すぐれた稟質の作者に於《お》いては、急いで書いた小説と、ゆっくりと構えて書いた小説との間に、作品の出来栄《できば》えの点でさしたる逕庭《けいてい》が無いのと同一の事情である。

私がこういう発見に感嘆と喜びを感じたのは、川端さんが恐らく少女雑誌に書いたものと思われる『むすめごころ』という短い小説を読んだときのことで、そのとき改造社版の選集の月報に小文を頼まれていた私は、その感嘆と喜びを直ちに筆にした。のちに、改造社の『新日本文学全集』の川端康成集が出たとき（それは『愛する人達』を川端さんが執筆中の昭和十五年のことだが）次のような言葉がそこに書かれていた。「私の作品のなかで特に『むすめごころ』に注目し、愛着を示したのは、高見順氏であった。私は高見氏の炯眼《けいがん》に敬服した。」私は川端氏の言葉に恐縮した。事実をただ述べただけで、炯眼でもなんでもない。

この『むすめごころ』に寄せたと同じような愛着を、私は『愛する人達』の諸短編にも寄せる。解説し難い『愛する人達』の解説を敢《あ》えて私が引きうけたのは、その愛着の故である。解説を企てるより、愛着を述べたいのが私の本意である。

『愛する人達』の初版に先だつこと丁度一年の、昭和十五年の十二月に、『正月三ヶ日』という単行本（新声閣）が出ているが、それに『母の初恋』と『燕《つばめ》の童女』が収められている。その本に、この二編についての作者自身の言葉があるから、ここに書き出してみよう。「――『燕の童女』は、新造船新田丸に試乗の帰途、大佛《おさらぎ》次郎氏と同車の特急燕で所見の女児を描いたのだけれど、鮮《あざや》かでない。『母の初恋』では、母の死の章に作者の愛着があり、そのところの少女は可愛《かわい》く、少し涙をこぼしながら書いた。」『母の初恋』は私もその初版本で読んで、感動した。溝《みぞ》の縁を歩く雪子の姿が永く心に残ったものだが、今度『愛する人達』を読みかえして、『夜のさいころ』が心にしみた。さいころを振る踊り子が忘れられないものに成りそうだ。浅草の踊り子を、浅草のなかで書いた小説は川端さんにいろいろとあるけれど、浅草の踊り子の、旅の姿は、珍しく、旅芸人の踊り子を描いた『伊豆の踊子』とも違ったニュアンスがそこにあって、これは川端さんの、浅草の踊り子を描いた小説のなかで、私の特に好きなもののひとつと成った。

川端さんは『愛する人達』の連載をはじめる直前まで、軽井沢に取材した『高原』を昭和十二年から書きついでいる。『高原』の最後の部分は『樅《もみ》の家』という題で雑誌『公論』の昭和十四年十二月号に掲載された。『愛する人達』のなかの『ゆくひと』は長編『高原』の「拾遺《しゅうい》のような作品」である。(川端さんは嘗《か》つて『浅草の九官鳥』という短編を『浅草紅団』の「拾遺のような作品」と言った)『高原』が未完であるように、この『ゆくひと』も未完の短編と思われるが、未完としてもこれなりに、ある安定した味わいを出している。

川端さんの小説には、作者の嫌いな型の男を出してきて、そうして女性の「悲しいまでに美しい」姿を浮きあがらせるという手法がしばしば用いられている。『雪国』がそうであり、近作の『舞姫』もそうである。『夫唱婦和』がやはりそれで、それが「悲しいまでに美しく」成功している。こうしてみると、この『愛する人達』の一巻には、川端文学の特長が、その所謂《いわゆる》「変化」とともに、惜しみなく示されている。

川端康成全集によると、昭和十五年度の仕事としては『正月三ヶ日』と『旅人宿』と『日雀《ひがら》』の三編しか無い。『愛』は十三年から十五年にまたがって書かれている。実際はまだあったようにも思えるが、とにかく仕事はすくなく、『愛する人達』に全力がそそがれていたのかもしれないと思うと、さきに私の言った、気持を楽にしての仕事というのは訂正されねばならないことに成るが……。

翌十六年から終戦の年まで、川端さんの仕事はいよいよすくなくなり、稀《まれ》に成って行った。『愛する人達』はその展望からすると、重要な重さを持っている。

『年の暮』は、言うならば、にがい、――気持を楽にしての仕事というのとは違った、からい小説である。『年の暮』の泉太は、娘の声を聞いて、「ああ」と思うものがあった。「その思いはちょっと説明しにくかった」。――川端さんの小説を読んで、「ああ」と思う、その思いの解説しにくさを、この言葉は改めて思い出させる。泉太は娘の声を久しぶりに聞いて「なにか目が覚めたようだった。……自分のうちに不断ありながら、しばらく埋もれていたものが、ぱっと花を開いたかのようだった。喜ばしい驚きだった」。川端さんの小説は丁度これと同じような喜ばしい驚きを私たちに与える。娘の声が泉太を喜ばせるように、小説の囁《ささや》きは私たちを喜ばせる。「自分でそれと気がつかないで、かつえていたものが、満され」るようでもある。

泉太のなかには川端さんの一種の自己批評のようなものもある。かくて、川端さんの小説自身のなかに、解説はふくまれているのだとも言える。

（昭和二十六年十月、作家）

新潮文庫編　文豪ナビ川端康成

ノーベル賞なのにィこんなにエロティック？――現代の感性で文豪の作品に新たな光を当てた、驚きと発見が一杯のガイド。全7冊。

川端康成著　雪国

ノーベル文学賞受賞

雪に埋もれた温泉町で、芸者駒子と出会った島村――ひとりの男の透徹した意識に映し出される女の美しさを、抒情豊かに描く名作。

川端康成著　伊豆の踊子

伊豆の旅に出た旧制高校生の私は、途中で会った旅芸人一座の清純な踊子に孤独な心を温かく解きほぐされる――表題作等4編。

川端康成著　掌の小説

優れた抒情性と鋭く研ぎすまされた感覚で、独自な作風を形成した著者が、四十余年にわたって書き続けた「掌の小説」122編を収録。

川端康成著　舞姫

敗戦後、経済状態の逼迫に従って、徐々に崩壊していく〝家〟を背景に、愛情ではなく嫌悪で結ばれている舞踊家一家の悲劇をえぐる。

川端康成著　山の音

野間文芸賞受賞

得体の知れない山の音を、死の予告のように怖れる老人を通して、日本の家がもつ重苦しさや悲しさ、家に住む人間の心の襞を捉える。

川端康成著

女であること

恋愛に心奥の業火を燃やす二人の若い女を中心に、女であることのさまざまな行動や心理葛藤を描いて女の妖しさを見事に照らし出す。

川端康成著

みずうみ

教え子と恋愛事件を引き起こして学校を追われた元教師の、女性に対する暗い情念を描き出し、幽艶な非現実の世界を展開する異色作。

川端康成著

名人

悟達の本因坊秀哉名人に、勝負の鬼大竹七段が挑む……本因坊引退碁を実際に観戦した著者が、その緊迫したドラマを克明に写し出す。

川端康成著

眠れる美女

毎日出版文化賞受賞

前後不覚に眠る裸形の美女を横たえ、周囲に真紅のビロードをめぐらす一室は、老人たちの秘密の逸楽の館であった――表題作等3編。

川端康成著

古都

捨子という出生の秘密に悩む京の商家の一人娘千重子は、北山杉の村で瓜二つの苗子を知る。ふたご姉妹のゆらめく愛のさざ波を描く。

川端康成著

千羽鶴

志野茶碗が呼び起こす感触と幻想を地模様に、亡き情人の息子に妖しく惹かれ崩壊していく中年女性の姿を、超現実的な美の世界に描く。

川端康成
三島由紀夫著
川端康成
三島由紀夫 往復書簡

「小生が怖れるのは死ではなくて、死後の家族の名誉です」三島由紀夫は、川端康成に後事を託した。恐るべき文学者の魂の対話。

三島由紀夫著
花ざかりの森・憂国

十六歳の時の処女作「花ざかりの森」以来、巧みな手法と完成されたスタイルを駆使して、確固たる世界を築いてきた著者の自選短編集。

三島由紀夫著
真夏の死

伊豆の海岸で、一瞬に義妹と二児を失った母親の内に萌した感情をめぐって、宿命の苛酷さを描き出した表題作など自選による11編。

三島由紀夫著
女神

さながら女神のように美しく仕立て上げた妻が、顔に醜い火傷を負った時……女性美を追う男の執念を描く表題作等、11編を収録する。

三島由紀夫著
岬にての物語

夢想家の早熟な少年が岬の上で出会った若い男と女。夏の岬を舞台に、恋人たちが自ら選んだ恩寵としての死を描く表題作など13編。

三島由紀夫著
殉教

少年の性へのめざめと倒錯した肉体的嗜虐の世界を鮮やかに描いた表題作など9編を収める。著者の死の直前に編まれた自選短編集。

谷崎潤一郎著

刺《し》青《せい》・秘密

肌を刺されてもだえる人の姿に、いいしれぬ愉悦を感じる刺青師清吉が、宿願であった光輝く美女の背に蜘蛛を彫りおえたとき……。

谷崎潤一郎著

痴人の愛

主人公が見出し育てた美少女ナオミは、成熟するにつれて妖艶さを増し、ついに彼はその愛欲の虜となって、生活も荒廃していく……。

谷崎潤一郎著

春琴抄

盲目の三味線師匠春琴に仕える佐助は、春琴と同じ暗闇の世界に入り同じ芸の道にいそしむことを願って、針で自分の両眼を突く……。

谷崎潤一郎著

猫と庄造と二人のおんな

一匹の猫を溺愛する一人の男と、二人の若い女がくりひろげる痴態を通して、猫のために破滅していく人間の姿を諷刺をこめて描く。

谷崎潤一郎著

細（ささめゆき）雪

毎日出版文化賞受賞（上・中・下）

大阪・船場の旧家を舞台に、四人姉妹がそれぞれに織りなすドラマと、さまざまな人間模様を関西独特の風俗の中に香り高く描く名作。

谷崎潤一郎著

鍵・瘋癲《ふうてん》老人日記

毎日芸術賞受賞

老夫婦の閨房日記を交互に示す手法で性の深奥を描く「鍵」。老残の身でなおも息子の妻の媚態に惑う「瘋癲老人日記」。晩年の二傑作。

太宰治著

晩年

妻の裏切りを知らされ、共産主義運動から脱落し、心中から生き残った著者が、自殺を前提に遺書のつもりで書き綴った処女創作集。

太宰治著

ヴィヨンの妻

新生への希望と、戦争の後も変らぬ現実への絶望感との間を揺れ動きながら、命をかけて新しい倫理を求めようとした文学的総決算。

太宰治著

お伽《とぎ》草紙

昔話のユーモラスな口調の中に、人間宿命の深淵をとらえた表題作ほか「新釈諸国噺」「清貧譚」等5編。古典や民話に取材した作品集。

太宰治著

グッド・バイ

被災・疎開・敗戦という未曽有の極限状況下の経験を我が身を燃焼させつつ書き残した後期の短編集。「苦悩の年鑑」「眉山」等16編。

太宰治著

きりぎりす

著者の最も得意とする、女性の告白体小説の手法を駆使して、破局を迎えた画家夫婦の内面を描く表題作など、秀作14編を収録する。

太宰治著

走れメロス

人間の信頼と友情の美しさを、簡潔な文体で表現した「走れメロス」など、中期の安定した生活の中で、多彩な芸術的開花を示した9編。

新潮文庫最新刊

乃南アサ著
女刑事音道貴子 嗤う闇
下町の温かい人情が、孤独な都市生活者の心の闇の犠牲になっていく。隅田川東署に異動した音道貴子の活躍を描く傑作警察小説四編。

赤川次郎著
さすらい
異国で消息を絶った作家。その愛娘が知った思いがけない真実――。最果ての地で燃え上がる愛と憎しみ。長編サスペンス・ロマン。

諸田玲子著
蛍の行方 お鳥見女房
お鳥見一家の哀歓を四季の移ろいとともに描く連作短編。珠世の情愛と機転に、心がじんわり熱くなる清爽人情話、シリーズ第二弾。

江上剛著
総会屋勇次
虚飾の投資家、偽装建築、貸し剥がし――企業のモラルはどこまで堕ちるのか。その暗部を知る勇次が、醜い会社の論理と烈しく闘う。

瀬尾まいこ著
天国はまだ遠く
死ぬつもりで旅立った23歳のOL千鶴は、山奥の民宿で心身ともに癒されていく……。いま注目の新鋭が贈る、心洗われる清爽な物語。

竹内真著
自転車少年記 ―あの風の中へ―
僕らは、夢に向けて、ひたすらペダルを漕ぎ続ける。長距離を走破する自転車ラリーを創った。もちろん素敵な恋もした。爽快長篇！

新潮文庫最新刊

高樓方子著
十一月の扉
14歳の爽子は家族と離れて「十一月荘」で暮らす日々のなかで、自分だけの物語を綴り始める。産経児童出版文化賞受賞の傑作長篇。

柳田邦男著
「人生の答」の出し方
人は言葉なしには生きられない。様々な人々の生き方と死の迎え方、そして遺された言葉を紹介し、著者自身の「答」も探る随筆集。

櫻井よしこ著
改革の虚像
―裏切りの道路公団民営化―
諸悪の根源は小泉首相だ！　空疎なスローガンだけで終った「構造改革」。国民を裏切ったその実態を徹底糾明する渾身のレポート。

森達也著
下山事件
シモヤマ・ケース
気鋭の映像作家が、1949年国鉄総裁轢死の怪事件の真相を追う。解かれぬ謎に迫り現在の日米関係にもつながるその真実を探る！

一志治夫著
魂の森を行け
―3000万本の木を植えた男―
土を嗅ぎ、触り、なめろ。いのちを支える鎮守の森を再生するため、日夜奮闘する破格の植物生態学者を描く傑作ノンフィクション。

日垣隆著
そして殺人者は野に放たれる
新潮ドキュメント賞
「心神喪失」の名の下で、あの殺人者が戻ってくる！　精神障害者の犯罪をタブー視する司法の思考停止に切り込む渾身のリポート。

新潮文庫最新刊

河合香織著
セックスボランティア
障害者にも性欲はある。介助の現場で取材を重ねる著者は、彼らの愛と性の多難な実態を目撃する。タブーに挑むルポルタージュ。

塚本宇兵著
「指紋の神様」の事件簿
三億円事件、よど号ハイジャック、オウム事件——動かぬ証拠〝指紋〟を武器に、数々の大事件に携わった鑑識官が語る、指紋の真実。

竹内薫
茂木健一郎著
脳のからくり
気鋭のサイエンスライターと脳科学者がタッグを組んだ！ニューロンからクオリアまで、わかりやすいのに最先端、脳の「超」入門書！

企画・デザイン
大貫卓也
マイブック
—２００７年の記録—
これは、日付と曜日が入っているだけの真っ白な本。著者は「あなた」。２００７年の出来事を毎日刻み、特別な一冊を作りませんか。

S・キング
風間賢二訳
ダーク・タワーⅦ
暗黒の塔（上）
すべての謎は出揃った。分断され、それぞれに危機と対峙する一行の運命は。超巨篇最終部の、旅の終わりの予感に満ちた壮絶な開幕。

ナボコフ
若島正訳
ロリータ
中年男の少女への倒錯した恋を描く誤解多き問題作にして世界文学の最高傑作が、滑稽でありながら哀切な新訳で登場。詳細な注釈付。

愛《あい》する人《ひと》達《たち》

新潮文庫　か－1－4

昭和二十六年十月十五日　発行
平成十八年三月二十五日　七十八刷改版
平成十八年十月三十日　七十九刷

著者　川《かわ》端《ばた》康《やす》成《なり》

発行者　佐藤隆信

発行所　株式会社 新潮社
郵便番号　一六二—八七一一
東京都新宿区矢来町七一
電話　編集部(〇三)三二六六—五四四〇
　　　読者係(〇三)三二六六—五一一一
http://www.shinchosha.co.jp

価格はカバーに表示してあります。

乱丁・落丁本は、ご面倒ですが小社読者係宛ご送付ください。送料小社負担にてお取替えいたします。

印刷・東洋印刷株式会社　製本・株式会社大進堂
© Masako Kawabata 1941 Printed in Japan

ISBN4-10-100104-9 C0193